Günter Herlt

ALLES MACHBAR, HERR NACHBAR

Kleine Geschichten aus einem großen Haus

Eulenspiegel Verlag

Inhalt

Der Eingang

Manchmal packt mich die Neugier. Ich stehe vor einem fremden Haus, schau auf die Fenster und überlege: Wer mag da wohnen? Was treiben die Leute? Wie kommen sie zurecht? Von Bekannten und Verwandten weiß man das – ungefähr. Bei Fremden kann man es nur ahnen oder fabulieren. Da hängt viel von der Wohngegend ab, denn »gleich und gleich gesellt sich gern«. Das regeln heutzutage die Makler und die Mietpreisspiegel: Lage und Größe, Komfort und Ambiente, Einkommen und Ansprüche. Und dann kommen die Zäune, die Gardinen und Jalousien und mindestens zwei Schlösser an die Tür.

Wenn man die Fassaden herunterklappen und reinschauen oder reinhören könnte …? Aber das mögen die Leute nicht. Bei den Supermärkten von Lidl, bei der Bahn und anderen Großbetrieben wurde das schon mit Abhörtechnik und Videokameras probiert … Das war aber unternehmerisches Misstrauen und nicht private Neugier.

Nein, ich klingle an der Eingangstür, wie es sich gehört. Dieses Ostberliner Hochhaus hat fünfzehn Etagen. Hier wohnen fast dreihundert Menschen. Das sind mehr als in manchen Dörfern. Da gibt es Junge und Alte, Dicke und Dünne, Schrullige und Stinknormale. Jeder Flur hat zehn Wohnungstüren. Manche Nachbarn kennen sich seit Jahrzehnten. Von anderen, die in den letzten Jahren hinzukamen, weiß man nicht mal die Namen. Wer geht noch von Tür zu Tür und sagt: »Guten Tag, wir sind die Neuen und heißen Krüger!«? Mit manchen schwatzt man im Fahrstuhl, mit anderen nicht. Das frühere »Wir-Gefühl« wurde vom neuen »Ich-Recht« verdrängt, was nicht jeder als Fortschritt wertet.

So wissen auch nur die Alten, dass hier aus der Generation 70plus ein »Kahlkopf-Trio« wirkt, das »Arthur der Engel« auf die Beine gestellt hatte, um manchen Hilfsbedürftigen aus der Patsche zu helfen. Aus der Generation 50plus haben sich die »Schwestern Theresa« gefunden, die den Kranken und Gebrechlichen zur Hand gehen. Und aus der Generation 30plus kommt eine »Computer-Brigade« zum Zuge, die alle Ratgeber der Welt heranholt und hilft, die Hürden der neuzeitlichen Bürokratie zu überspringen.

Was sie vereint, ist ein Schreckschuss: Ihr Wohnsitz wird zum Schleudersitz, weil die Wohnungsgesellschaft das Haus wegen »chronischem Mieterschwund« und »steigender Unterhaltskosten« an einen Investor verkaufen möchte. Der plant eine Luxussanierung. Derlei klingt schon wie Exmittierung! Das lässt die Mieter zittern und die Selbsthilfegruppen überlegen, wie es wäre, wenn sie das Haus in Selbstverwaltung übernehmen. Damit stecken sie zwar den Kopf in eine Schlinge, aber wen schreckt das, wenn sich schon ein fremdes Seil um den Hals legt?

»Unter jedem Dach wohnt ein Ach!«, sagt der Volksmund. Unter ostdeutschen Dächern trifft man oft mehrere

»Achs«. Denn dort änderten sich die Besitzverhältnisse, die Spielregeln in der Arbeitswelt, in der Wohnwelt und auch in der Freizeit, also im ganzen Dasein. Und das so sehr, dass viele damit bis heute nicht zurechtkommen. Dabei heißt es doch, dass endlich die unterdrückten Wünsche des Volkes erfüllt wurden: Waren ohne Anstehen, Reisen ohne Fußfesseln, Reden ohne Maulkorb, Stütze ohne Stelle, kurzum: grenzenlose Freiheit! Aber offenbar ist Kaufen, Reisen, Quasseln, Glotzen und Schwadronieren nicht alles, was den Menschen glücklich macht. Und wenn sich dann herausstellt, dass vieles, was wie Sahne aussah, nur Magermilch war, dann kommt dieses »Ach!«

Dabei ist alles, was von Menschen gemacht ist, auch von Menschen veränderbar, sofern wir unser Denken und Handeln entsprechend verändern. Lassen Sie uns deshalb einige Vorgänge hinter den Fenstern dieses Hauses beobachten, bis sich aus den Lego-Steinen unserer heiter-ironischen Episoden die Seele dieses Hauses erkennen lässt. Denn ohne Nestwärme kann kein Spatz, aber auch kein Paradiesvogel überleben. Und menschlich wird es nur durch Menschen.

Der Autor

Arthur der Engel

Der Wintertag war wirklich winterlich. Das ist hierzulande selten. Die Wege waren verschneit. Die Sonne hatte den Schnee flambiert, doch das Tauwasser war wieder gefroren. Das Eis lauerte auf wacklige Füße. Die Leute kamen kaum zum Bus, der Bus kaum zu den Leuten. Im Radio wurde davor gewarnt, die Häuser zu verlassen. Aber jeder im Haus hatte eine andere Meinung dazu:

»Der Schnee gehört nun mal zum Winter.«

»Ja, aber zum Glatteis gehört Streusand!«

»Vor dem Haus ist doch gestreut, aber die Wege gehören zur Stadt.«

»Klar doch, und die Stadt muss Geld sparen.«

Arthur in der zweiten Etage hörte das, weil er alles hörte, seit er ein Hörgerät trug. Er zog seine warmen Stiefel an, wickelte einen Schal um seinen Hals, fuhr in den zwölften Stock, klingelte bei seinem Kumpel Gustav und sagte:

»Ich habe eine gute und eine schlechte Nachricht für dich.«

»Wennste schon so anfängst, denn zuerscht die schlechte!«

»Wir müssen runter, Sand streuen!«

»Aha, und die gute Nachricht?«

»Sand ist reichlich da!«

Gustav, den manche »den Grimmigen« nannten, holte tief Luft: »Ich werd dir mal was sagen: Wir sind Rentner und müssen jar nüscht mehr.«

»Stimmt, aber dann müssen wir für hundert Omas im Haus einkaufen gehen, sonst backen die uns keinen Kuchen mehr. Das ist schlimmer.«

»Und was macht der Hausmeister, der jungsche Lorbass? Kreuzworträtsel!«

»Wir können ihn ja fragen.«

Die beiden hätten auch den Dritten von ihrem »Trio der Witwer« fragen können, ob er mithilft. Aber Adelbert war Akademiker, und die kriegen schnell Blasen an den Fingern, wenn sie arbeiten müssen. Deshalb zog sich Gustav nun knurrend Schuhe und Joppe an:

»Eijentlich hab ich dieser Tage so 'ne Art Schüttelfrost inne Glieder.«

»Passt doch!«, meinte Arthur. »Dann schüttelst du die Karre mit dem Streusand!«

»Karre fass ich keene nich an! Das wird mir zu schwer.«

»Nimm dir ein Beispiel an den Ameisen: Die schleppen Lasten, die fünfzig mal schwerer sind als sie!«

»Mag ja sein, aber doch bloß, weil se keene Jewerkschaft nich haben!«

Beide fuhren ins Erdgeschoss und klingelten beim Hausmeister:

»Wissen Sie, wann hier gestreut wird?«

»Ick hab meine Pflicht jetan.«

»Jeht die nur bis zum Tellerrand?«, fragte Gustav.

»Die jeht rings ums Haus. Aber Straßen und Wege jehören der Stadt!«

Arthur stichelte: »Die Stadt sind wir!«

»Wenn ick mache, wat nich in mein Arbeitsvertrag steht, bin ick arbeitslos. So'n Winter gab's doch nie! Da kann ick mir totschippen!«

»So'n Winter hatten wir schon öfter.«

»Und wie sind Se denn damit klar jekommen?«

Nun blitzten Gustavs Augen: »Das sag ich dir, Junge. Da haben wir spätestens am dritten Tag zum ›Subbotnik‹ gerufen. Dann kamen alle, die noch kriechen konnten zum Arbeitseinsatz, und hinterher gab's Glühwein und Bratwurst.«

»Und alles für nass?«

»Und alles für *uns*! Na, ja und für den Frieden – inne Welt und im Haus.«

»Und warum machen Sie das jetzt nicht?«

»Weil wir nicht mehr unter uns sind, sondern umzingelt von Miethaien, die uns abkassieren. Und nun jib uns mal 'ne Schaufel und 'ne Karre! Es jibt nämlich nur drei Methoden gegen Glatteis: Beten bis der Frühling kommt, fluchen bis alle ein Gipsbein haben oder einfach streuen!«

»Na, schön, ick komm mit.«

Arthur, Gustav und der Hausmeister gingen zum Spielplatz, kratzten die Buddelkiste frei und streuten Sand auf den Weg. Die alte Pippig kam ihnen tastend entgegen. Sie nickte dankbar. Arthur nahm ihr die schwere Tüte ab, hakte sie unter und ging mit ihr zum Haus.

»Ein Kavalier alter Schule!«, lobte die Pippig, die mal Lehrerin war.

»Ein janz fauler Trick für Drückeberger!«, rief Gustav hinterher.

Als Arthur das Brot und die Kartoffeln bei der alten Pippig in die Küche gestellt hatte, zog die ihn in ihre Gute Stube, wo eine Thermoskanne mit dampfendem Kaffee und selbstgemachte Kekse standen.

Ein Tag, der so begann, war kein verlorener Tag für Arthur. Manche im Haus nannten ihn deshalb »Arthur den Engel«. Dabei war Arthur weder Engel noch Teufel, sondern ein Mensch wie du und ich. Sofern du über siebzig bist, alleinlebend, ruhig, freundlich, hilfsbereit. Einer der oft leise tut, wovon andere nur laut reden. So einer wird schnell zum »Superman«.

Dabei ist es so einfach, ein Held zu werden. Man muss nur hinschauen, wo andere wegschauen. Oder hinhören, wenn andere weghören. Oder den Mund aufmachen, wenn andere schweigen. Und das auch nur fünf Minuten länger als andere – und schon bleiben andere stehen, die gerade davonlaufen wollten.

Arthur ist übrigens mehr durch seine Handicaps zum Superman geworden. Weil er schwer hört, muss er genauer hinschauen. Weil er nicht gut zu Fuß ist, kann er nicht schnell davonlaufen. Und wenn so einer dreimal zur richtigen Zeit am richtigen Ort ist, dann kann er – unbeabsichtigt – zum Helden werden. Es passieren nämlich so viele Schandtaten um uns herum, dass schon die gebremste Gleichgültigkeit eines Einzelnen zur beschleunigten Solidarisierung vieler Mitmenschen führen kann.

Aber da sind wir nun tief in die Politik hineingeschlittert, die bekanntlich nur den Charakter verdirbt, was an vielen Politikern ablesbar ist. Und dabei haben wir ganz vergessen, dass Arthur noch bei Frau Pippig Kaffee trinkt.

Sie fragte gerade: »Soll ich noch mal nachschenken?«

Arthur nickte: »Der schmeckt doch besser als meiner.«

»Das möchte sein«, sagte die Pippig. »Ich wärme ja die Kanne und die Tassen vorher an. Dann nehme ich nur die besten Kaffeesorten und filter die.«

»Na, ich hab so'n Pulver, das ich gleich in die Tasse rühre. Und so schmeckt es dann auch.«

»Sie brauchen eine Frau, die sich um Sie kümmert.«

»Ich brauch keine Frau. Die hätte sich auch 'n bisschen viel zu kümmern. Was früher unser Brotkorb war, das ist heute meine Pillendose.«

»Was denn, sind Sie wirklich so krank?«

»Nun ja: Wasser in den Beinen, Steine in der Galle, Kalk in den Adern. Wenn ich nun noch Sand im Gehirn hätte, könnte ich ein Haus bauen! Aber die Arzeneien sind ja nicht alle gegen die Krankheit – auch für die Gesundheit: Vitamin E für die Gelenke, Vitamin C gegen Erkältung, Magnesium für die Muskeln. Und dann die Pillen für Herz, Galle und Leber. Da kommt was zusammen.«

»Aber das meiste davon macht doch nur die Apotheker gesund. Bei einer gesunden Ernährung könnten Sie bestimmt die Hälfte sparen.«

»Was heißt heute ›gesunde Ernährung‹? Beim Fleisch soll man die Erzeuger ermitteln. Bei Eiern soll man nachgucken, ob die Hühner glücklich sind. Den importierten Salat soll man lieber mit Gummihandschuhen anfassen. Immer, wenn ich die Zeitung der Warentester aufschlage, staune ich, was ich alles überlebt habe!«

»Aber ist doch schön, dass sich solche Organisationen kümmern.«

»Gewiss doch. Aber noch schöner wäre, wenn die Produzenten ihr Zeug einreichen müssten, ehe sie's auf den Markt werfen.«

»Sehr wahr! Ich habe es zum Beispiel schon mit drei Diätkuren versucht, bis ich herausfand, dass die einzig wirksame Diät die chinesische ist.«

»Und wie geht die?«

»Hühnerbrühe nur mit Stäbchen essen!«

So fröhlich ging es bei Gustav unten auf der Straße nicht zu. Der Hausmeister hatte nämlich entdeckt, dass sein Vorgänger noch Streusalz im Keller gebunkert hatte.

»Ick kriege die Säcke aber nich alleene uff die Karre. Wenn Sie mir helfen könnten, hätten wa für'n paar Tage Ruhe. Jestern is nämlich der Heini, der hier die Tiefkühlkost ausfährt, uff's Kreuz jeflogen. Aber bei dem jehört Glatteis wohl zum Berufsrisiko?«

»Weißt du, Jungschen, wenn ich dich so reden höre, denn möcht' ich meinen, dass dein Berufsrisiko höher is. Hier wohnen in eenem Hochhaus mehr Leute als anderswo in janze Dörfer. Und wenn du früh um sechs mit die Mülltonnen rumrammelst oder um sieben die Kehrmaschine anschmeißt, dann hast du die alle jeweckt. Ooch die Alten und Kranken.«

»Wenn det Müllauto kommt, müssen meine Tonnen draußen stehn!«

»Die Tonnen ja, aber doch nicht die Mieter? Die jehören doch nich zum Müll!«

»Aber die Müllabfuhr kommt eben so früh.«

»Dann ruf da an und sage, sie sollen dort anfangen, wo es weniger Leute stört! Zum Beispiel inne Villenjegend. Da hocken in jedem Haus nur drei Leute und nicht dreihundert.«

»Ja ja, die sind aber hoch anjebunden!«

»Junge, wenn wir mal alle runterkommen, dann bist du auch hoch anjebunden!«

Der Hausmeister fasste sich unwillkürlich an den Hals: »Ick kümmer mir. Wat is denn nu – woll'n wa die Welt verbessern oder die Wege?«

Gustav winkte ab: »Wart mal 'n Moment. Hier hat sich eener verdrückt, den muss ich einfangen!«

Gustav ging ins Haus, fuhr in die siebente Etage, wo Frau Pippig wohnte, und klingelte. Die Frau machte auf und rief:

»Ach, der Herr Güdokeit, kommen Sie doch rein! Setzen Sie sich zu uns.«

»Mach ich jerne, Frau Pippig. Ich bin da unten zum Eiszappen jeworden! Ich muss nur dem Arthur was sagen.«

Arthur kam ihm mit einem Keks in der Hand entgegen.

Gustav griente: »Guten Appetit! Ich habe zwei Nachrichten für dich – eine gute und eine schlechte. Die schlechte ist, dass wir mit dem Sandstreuen fertig sind. Da kannst du uns nicht mehr helfen. Aber die jute ist, dass der Hausmeister zehn Säcke mit Streusalz gefunden hat. Der wartet unten auf dich!«

Saurier trifft Saurier

Gustav Güdokeit wird von manchen im Haus »der Grimmige« genannt. Aber das täuscht. Bei älteren Mitbewohnern poltert er schnell mal los, aber wenn er mit Kindern spricht, wird er zum Plüschbär. Die meisten Flüche erntet sein altes Auto, das aber trotzdem – oder deswegen? – immer wieder anspringt, wenn er oder die Nachbarn größere Lasten mit seinem Kombi bewegen wollen.

Der Lebenslauf von Gustav ist undramatisch – bis auf die Flucht im Januar 1945 als Halbwüchsiger aus Ostpreußen über das brüchige Eis der Ostsee. Jeder, der diesen Krieg überlebt hat, ist schneller gealtert und gilt heute als »Saurier«.

Gustavs Familie bekam in Mecklenburg festen Grund unter die Füße. Er wurde Maschinenschlosser bei der Bahn und heiratete eine Frau aus der Kantine, die sich auf Königsberger Klopse verstand. Gemeinsam zogen sie zwei Kinder groß, die dann vier Enkel ins Haus brachten. Gustav ist in der Gewerkschaft, im Angelverein, nicht vorbestraft, hat aber drei Punkte in der Flensburger Kartei der Autosünder. Er hatte mal ganz schnell zum Zahnarzt gemusst.

Mit solch einem konnte man früher alles machen und heute nichts. Die Frau ist verstorben. Die Kinder sind der Arbeit nachgelaufen bis Holstein und an die Alpen. Sie haben mit ihren Dienstherren und Ratenkäufen zu ringen. Man trifft sich zu Weihnachten oder zum Geburtstag. Und man staunt, wenn im Fernsehen die Abfindungen der gescheiterten Bosse genannt werden.

»Jeder ist halt seines eigenen Glückes Schmied!« – sofern er Roheisen, Werkzeuge und einen großen Sack Kohle hat. Bei den Reichen sprudelt das aus dem Erbrecht. Bei den anderen ist das anders.

Gustav hadert nicht mit seinem Leben. Er schickt auch keine Dankesbriefe an das Kanzleramt. Er kreuzt manchmal einen Lottozettel an und reißt ihn nach der Ziehung wieder in Stücke. Eigentlich hofft er nur, eines Tages bei den Kindern vorfahren zu können und zu fragen: »Wie viel Schulden habt ihr denn noch?«

Aber heute war nun ein Tag, wo er sich um fremde Kinder kümmern musste. Und das kam so:

Seine Flurnachbarin ist eine alleinstehende Mutter mit zwei Kindern. Sie ist Sekretärin beim städtischen Busbetrieb, das heißt unabkömmlich. Die Kita hatte aber gestern ein Schild an die Tür geklebt: »Streik!« Es geht um mehr Personal für kleinere Gruppen und um mehr Geld für die nervenaufreibende Arbeit. Die meisten Eltern sehen das ein. Diese Einsicht klärt aber nicht die Aufsicht für den Nachwuchs. Drum klingelt die Nachbarin bei Gustav.

»Guten Morgen, Herr Güdokeit, und Verzeihung! Der Kindergarten streikt und die Schule hat noch Ferien. Nun weiß ich nicht, wohin mit Frank und Franzi. Und als ich die beiden fragte, wo ich anklopfen soll, sagten beide: bei Opa Gustav! Das ist mir ein bisschen peinlich, denn Sie haben ja nichts mit uns zu tun.«

Gustav wischte erst mal den restlichen Rasierschaum aus seinem Gesicht und sagte dann: »Was heißt nüscht miteinander zu tun? Ich hab die beiden doch zu staatlich geprüfte Fahrstuhlführer ausjebildet. Dann habe ich ihnen unten im Park jeżeigt, wie man Holunderstiele zu Flöten macht. Außerdem haben mir die beiden versprochen, mein Aquarium zu reinigen. Und wenn wir das gründlich machen, dauert es länger als der Streik.«

»Jetzt würde ich Sie am liebsten küssen!«

Gustav winkte ab: »Lieber nicht, sonst kommen wir ins Jerede.«

»Ich lasse Ihnen noch zehn Euro und die Schlüssel hier, falls sie irgendwo hinwollen. Um 17 Uhr komme ich nach Hause. Danke!«

Dann gab sie ihm doch noch einen Kuss auf die Wange, und Gustav war froh, dass er sich rasiert hatte.

Als er dann nachschauen ging, was der Siebenjährige und die Fünfjährige trieben, da hockten beide vor dem Computer und retteten die Erde vor irgendwelchen grünen Ungeheuern aus dem All.

Gustav rief: »Guten Tag, die Herrschaften! Wie wäre es mit 'nem Gang an die frische Luft?«

Frank maulte: »Jetzt sind wir gerade im dritten Level!«

Franzi maulte: »Er ist da drinnen. Ich hab noch nicht mal den zweiten Löffel!«

Gustav schlichtete: »Ich hab noch fünf Löffel Kakao.

Wenn wir damit unser zweites Frühstück machen, dann seid ihr hinterher viel stärker als die Kohlköpfe da vom Mars!«

Frank klärte: »Das sind doch Klingonen!«

Das war für Gustav das Gleiche. Und als die dann endlich abgeschossen waren, stand die Frage im Raum: Was tun mit dem restlichen Tag?

»Jibt es irgendwas, was ihr schon immer mal sehen wolltet?«

Darauf gab es eine längere Pause. Dann sagte Franzi:

»Ich möchte mal einen richtigen Saurier sehen!«

»Jeht nich!«, sagte Gustav. »Die sind seit Jahrmillionen tot. Aber ich könnte dir zeigen, wie die Reste vom toten Saurier aussehen.«

»Echt?«, fragte Franzi.

»Echt!«, sagte Gustav.

»Voll krass!«, sagte Franzi. Frank enthielt sich der Stimme, weil er alle Sauriermodelle aus Plastik in seiner Sammlung hatte. Das Thema war abgearbeitet.

»Und du?«, fragte Gustav den Jungen. »Hilfst du mir beim Aquarium?«

»Dein Aquarium hat ja nur Zwergfische. Ich möchte mal einen richtigen Hai sehen, so groß wie unser Flur!«

»In Ordnung«, sagte Gustav. »Denn fahr'n wir erschtemal mit Franzi ins Museum für Naturkunde und dann zum Aquarium. Aber zieht euch ordentlich an!«

Eine Stunde später stand die einen Meter große Franzi vor dem dreiundzwanzig Meter langen und dreizehn Meter hohen Skelett eines Brachiosaurus. Da rollte auch Frank staunend mit den Augen: »Im Internet sieht der viel kleiner aus!«

Gustav genoss den Triumph: »Internet is ja janz nett, aber Natur ist eben natürlicher.«

Franzi meinte: »Der hat bestimmt mal zehn Zentner gewogen!«

Gustav stockte auf: »Ich tät sagen – eher hundert Zentner.«

Frank erklärte cool: »Der hier hatte fast achthundert Zentner!«

»Du bist ja 'n janz Schlauer!«, quittierte Gustav.

Frank zeigte auf ein Schild: »Steht doch alles hier!«

Gustav knurrte: »Dis kann ich ohne Brille nicht lesen.«

Franzi entdeckte: »Der hat ja einen Hals wie eine Giraffe!«

Frank frozzelte: »Damit er beim Diktat besser abschreiben kann!«

Gustav überlegte: »Vielleicht sind die Saurier mit den Giraffen verwandt?«

Das wusste Frank besser: »Die Giraffe hat nur einen Drei-Meter-Hals mit sieben Wirbeln, wie der Mensch. Aber der hier hat acht Meter Halslänge mit vierzehn Wirbeln.«

Gustav staunte: »Steht das auch da auf der Tafel?«

»Nö«, sagte Frank, »das habe ich aus dem Internet.«

Franzi erklärte: »Der hat doch mal Saurier gesammelt. Dann guckt er im Internet, was ihm noch fehlt. Und mich lässt er nicht spielen, damit er immer gewinnt.«

Gustav streichelte Franzi tröstend die Hand: »Ist doch schön, wenn du solch einen schlauen Bruder hast. Mich hat er heute ja auch besiegt. Das heißt: Nur, wenn er uns auch erklären kann, warum so'n Tier – stark und schwer wie ein Panzer – am Ende doch eingehen musste.«

Frank kraulte sich verlegen die Haare und starrte auf das Skelett: »Die Eiszeit hat sein Futter begraben.«

Franzi zweifelte: »Wir holen es doch auch aus dem Kühlschrank zum Auftauen?«

Frank kicherte: »Der hatte doch keine Mikrowelle!«

Gustav warf ein: »Aber viele andere Tiere haben doch die Eiszeit überlebt?«

Frank zuckte die Achseln: »Dann war der eben zu doof!« Gustav musste lachen: »Ich bin ja kein Naturforscher nich, aber diesen Punkt würde ich an dir verjeben, denn mir fällt uff, dass dieser Koloss 'n janz kleinen Kopp hat. Da kann sein Gehirn kaum größer als eine Walnuss gewesen sein. Damit ist man bei die wechselnden Lebensumstände schnell uffjeschmissen. Das jeht manchen Staaten und Staatschefs übrijens jenau so: Ihre Kraft steht im umgekehrten Verhältnis zu ihrem Grips.«

Diese Äußerung ließ die Kinder etwas ratlos gucken. Aber das geht den betreffenden Staatslenkern sicher genauso.

Unsere drei Expeditionsteilnehmer betrachteten noch dieses und jenes im Sauriersaal und bei den Vögeln.

Frank fragte: »Wie finden die Brieftauben eigentlich ihr Ziel ohne Navigator?«

»Vielleicht haben sie doch einen«, meinte Gustav, »aber versteckt, weil die Dinger schnell geklaut werden. Oder sie mieten für lange Touren einen Papagei, der nach dem Weg fragen kann.«

»Und warum gibt es fliegende Fische?«, fragte Frank, der auch Witze liebte und daher selber erklärte: »Weil viele Gewässer zu dreckig sind zum Schwimmen!«

Dann gingen sie eine Pizza essen. Und dann standen sie im großen Aquarium der Wasserwelten, wo Frank hinwollte.

Weil das riesige Haus zunächst einem Flussbett folgt, von der Quelle bis zum Ozean, ging das mit Krebsen und Stichlingen los. Dann kamen die Barsche und Lachse. Danach folgten Hechte und Welse. Und dann war man bei den Heringsschwärmen, Seewölfen und Kraken.

Frank maulte: »Hier sind ja gar keine Haie!«

»Wir sind ja auch erst in der Nordsee. Wenn wir bei Norwegen in den Atlantik kommen, dann siehst du auch die Rochen und Katzenhaie.«

Sie kamen dann bald an das atlantische Tiefseebecken, wo ein Tunnel aus Plexiglas die Besucher hindurchführt. Dort kam dann auch ein Zwei-Meter-Hai auf Frank zugeschwommen. Der wich erschrocken einen Schritt zurück. Aber nur, um festzustellen: »Das ist aber kein Killer-Hai!«

Gustav überlegte: »Ich weiß nich, ob es überhaupt so

was wie Killer-Haie jibt. Was wir ›Killer‹ nennen, sind doch Menschen mit böse Absichten. Das müsste denn ja ein Hai sein, der sich erscht die Zähne spitz feilt, wenn er inne Nachrichten hört, wo jerade die meisten Menschen baden. Und denn schwimmt er da hin, um denen inne Waden zu beißen. Aber so looft dat nich ab.«

Frank protestierte: »Ich habe im Fernsehen selber gesehen, wie der Killer-Hai die Badenden überfallen hat!«

»Kann ja sein«, sagte Gustav. »Du hast aber nicht jesehen, wie lange die Filmleute vorher die Haie mit Futter ranjelockt haben. Du hast ooch nich jesehen, wie der Taucher den Hai mit 'nem Faustschlag uffe Nase zur Umkehr bewegt hat. Die Haie sind nämlich froh, wenn wir sie in Ruhe lassen und sie ihr übliches Frühstück finden.«

Franzi fragte: »Und was essen die zu Mittag?«

Frank rief: »Fischstäbchen!«

»Du bist doof!«, konterte Franzi.

Gustav schlichtete: »Dein Bruder hat Humor. Und wir beide merken uns das Gesetz im Tierreich: Die Jroßen fressen die Kleinen – außer jene, die sich tarnen oder wehren können. So was is jut zu wissen, nicht nur im Tierreich! Es soll nämlich jerade einen Finanzhai jeben, der unser Haus fressen will …«

Franzi fragte erschrocken: »Haust du dem dann auf die Nase?«

Gustav zögerte: »Mal sehn, ob wir an den rankommen …«

Als dann zum Feierabend die Mutti nach Hause kam, saßen die Kinder wieder vor dem Bildschirm.

»Habt ihr etwa den ganzen Tag hier rumgehockt?«

Franzi berichtete stolz: »Wir haben mit Opa Gustav eine Expellition gemacht.«

Frank schüttelte den Kopf: »Ex-pe-di-tion!«

»Klugscheißer!«, zischte Franzi.

Die Mutti staunte: »Dann habt ihr ja auch ohne Kita und Schule was gelernt?«

»Genau!«, bestätigte Franzi: »Saurier sind doof und Haifische killern nicht.«

Frank bog diese Auskunft auf seine Weise gerade: »Stärke hat mehr mit Grips als mit Gewicht zu tun. Und Haifische fressen keine Fischstäbchen, wenn du ihnen mit der Faust auf die Nase haust. Und das will Opa Gustav bei dem Finanzhai genauso machen, der unser Haus fressen will.«

Franzi ergänzte: »Opa Gustav ist ein ganz Lieber!«

Worauf Frank relativierte: »Aber er weiß nicht so viel wie das Internet.«

Womit der Knabe auch unseren Gustav unter die Saurier eingereiht hatte. Aber darunter leiden ja heutzutage alle Opas dieser Welt.

Das Kahlkopf-Trio

In unserem Hochhaus gibt es ein »Kahlkopf-Trio«. Dieses Trio entstand als eine Art Selbsthilfegruppe, weil Arthur, Gustav und Adelbert innerhalb eines Jahres die Frauen – durch unterschiedliche Gebrechen – weggestorben waren. Die Männer standen dann ratlos im Supermarkt herum, wo sie in den Regalen der Großlieferanten »Mini-Portionen« für appetitlose Opas suchten. Die kleine Tüte mit russischen Pelmenis aus der Tiefkühltruhe reichte zum Beispiel für alle drei Gruftis als Mittag, denn Russland dachte eben immer im Maßstab einer Großmacht.

Ehe wir nun auf Adelbert Fondulski als dritten Mann in diesem Trio stoßen, muss aber für das »jungsche Volk unter 50« etwas über das Seelenleben von Gruftis erklärt werden. Ich versuche, das in sieben Faustformeln einzubinden:

1. Nennen Sie einen Grufti nie einen Grufti! Sie könnten ihn damit zu einer längeren Ansprache über die vielen Schicksalsschläge seines Lebens herausfordern, die nur sein Harndrang abkürzen könnte.

2. Bei kahlköpfigen Männern sollte man auch nie das Wort »Kahlkopf« benutzen. Der so Angesprochene würde sofort erklären, welchen Anteil die Gene, die Stahlhelme des Weltkrieges oder der Kampfgruppe,

vor allem aber die Preistreiberei der Hersteller von Wundermitteln gegen den Kahlschlag haben.

3. Noch heikler wäre bei betagten Damen ein Hinweis auf eventuelle Unebenheiten der Haut. Die Haut ist »das erste Kleid« des Menschen. Wenn man weiß, welchen Aufwand viele Frauen bei ihrer Kleidung treiben, dann kann solche unbedachte Äußerung Selbstmord sein. Sagen Sie lieber: »Falten sind Orden der Reife!«, oder: »Holla, sehen Sie heute wieder gut aus!«

4. Als Witwer bilden unsere drei Kahlköpfe eine besondere Spezies. Jeder Verlust eines Weggefährten ist schmerzlich. Aber wenn Frauen ihren Mann verlieren, leben die allermeisten irgendwie weiter und manche sogar auf. Wenn aber ein alter Mann seine liebe Frau verliert, dann wirkt das, als hätte er sein linkes Bein und seine rechte Hand verloren. Nur hauswirtschaftlich erprobte Männer können das ohne Gewichts- und Gesichtsverlust überleben!

5. Über die körperliche Kondition der Alten halten sich zwei Legenden: Die sind »fit wie ein Turnschuh« oder »kaputt wie ein Schrottauto«. Die meisten Grauköpfe sind aber abwechselnd beides. Das hängt ab vom Kalender, vom Körper, vom Konto, vom Cognac oder vom Kontakt zum sozialen Umfeld.

6. Die frühere Daseinsberechtigung der Alten fußte auf ihrem Anteil an der Enttrümmerung des Landes, am Wiederaufbau und an der Meisterung von Zusammenbrüchen aller Art. Ihr heutiges Daseinsrecht besteht in ihrer unverzichtbaren Rolle als Kreditbank und als Umzugs- und Katastrophenhilfe für die Kinder und Enkel. Darauf verlässt sich jede Regierung.

7. Die siebte Regel beim Umgang mit Gruftis lautet: Es gibt keine Regeln! Jeder Mensch ist anders, und Alte sind ganz anders, wenn sie die Nacht über schlecht geschlafen haben oder von einer Gallenkolik geplagt werden oder beim Mittagsschlaf von einem Zeitungswerber an die Tür geholt werden. Beim Umgang mit derart gestressten Menschen hilft nur lächeln, nicken, loben, helfen – aber nie so, dass es nach Pflegestufe II riecht. Sonst könnte Ihnen der Grufti beweisen, dass er einen Karate-Kurs belegt hat!

Wer das beherzigt und im Übrigen die Alten lästern lässt über die Jungen und schwärmen lässt über die Vergangenheit und zweifeln lässt an der Zukunft, der hat eine glückliche Gegenwart, auch wenn er von Gruftis umzingelt sein sollte. Da aber auch Gruftis unter sich nicht immer nach der Losung »Friede, Freude, Eierkuchen« verkehren, hier noch einige Hinweise zu den Alten und zum Altern:

Man sollte den Alten mit Respekt begegnen, denn alle Nachgeborenen saßen auf ihrem Schoß, hingen an ihrer Brust, stehen auf ihren Schultern und balgen sich um ihr Spargeld.

Junge Leute wissen alles, alte Leute bezweifeln alles. Die Prinzipienfestigkeit aus dem mittleren Lebensalter verkrustet mitunter zum Altersstarrsinn. Wer das aufweichen will, braucht unendlich viel Liebe, Geduld und Fakten.

Es lohnt nicht, alten Leuten hohe Zinsen für Konten mit mehrjähriger Laufzeit anzubieten, denn ab 70 möchte man die Beisetzungskosten in Reichweite haben. Da belegt man auch keine Kurse für Fallschirmspringer oder Windsurfer, nur für Sitzgymnastik und Wiederbelebung.

Es schickt sich nicht, wenn man Gruftis mit einem Päckchen Pampers bei Schlecker trifft, zu fragen, ob die Enkelchen zu Besuch sind. Das folgende Gelächter der Alten könnte die Leiden der Inkontinenz aufdecken!

Je älter man wird, um so öfter trifft man sich nur noch zu Beisetzungen auf dem Friedhof. Man will ja nicht, dass der oder die Tote schlecht über einen denkt. Manche bleiben auch fern, weil sie denken: ›Der kommt zu meiner auch nicht!‹

Es stimmt schon, dass viele Alte übergewichtig sind. Aber sobald das Längenwachstum aufhört, wächst man nur noch in der Mitte, weil der Mensch vom Konstruktionsprinzip her nur eine Verdauungsröhre ist. Und der Anteil schwerverdaulicher Nahrungsmittel ist einfach zu hoch.

Die beste Altersvorsorge ist, sich so viele Freuden zu gönnen, dass man später hinreichend ermattet ist, um das Ende als Erlösung zu begrüßen, denn Altern ist und bleibt das einzige Mittel, um lange zu leben.

Nach dieser Einstimmung können wir uns nun dem dritten Mann aus dem Kahlkopf-Trio zuwenden: Adelbert Fondulski. Das klingt etwas gespreizt. Adelbert ist es auch. Aber das liegt nicht am Namen, denn sein »Fon …« ist kein Adelstitel und schreibt sich nicht mit »V«, sondern mit »F« und gehört zu seinem dreisilbigen Familiennamen. Was aber zu Verwechslungen führen kann.

Heute jedoch nicht, denn heute war Adelbert dem hauseigenen »Computer-Trio« auf der Spur. Mit dessen Hilfe wollte er ermitteln, welcher Investor mit welchen Plänen über welche Schreibtische und Bankschalter die Hand nach ihrem Haus ausstreckte.

Als er bei Lars in der fünften Etage Einlass fand, wollte der sich aber auf die aufwendige Recherche nicht einlassen:

»Ich habe zwei Notebooks zu reparieren, drei Web-

Seiten für Handwerksfirmen zu entwerfen, und außerdem steigen wir gerade in ein ganz großes Ding ein.«

»Wollt ihr 'ne Bank ausräumen?«

»Nee, 'ne Datenbank ergänzen: Software-Erweiterung für Navigatoren.«

»Die elektronischen Pfadfinder fürs Auto?«

»Bingo!«

»Aber die haben doch alles drauf, was es gibt?«

»Richtig, und wir bringen rauf, was es noch nicht gibt!«

»Aha, und das wäre?«

»Die Orientierungshilfe für Raucher!«

»Die sterben doch langsam aus.«

»Ja schon, aber bis dahin muss man sie doch nicht quälen? Die Folter ist doch abgeschafft. Deshalb muss man ihnen die staatlich verordnete Entziehungskur erleichtern.«

»Und wie geht das?«

»Durch praktische Hinweise auf die letzten Raucherinseln in Deutschland.«

»Aber das ist doch in jedem Bundesland anders geregelt?«

»Eben drum! Die sechzehn Bundesländer haben zwölf verschiedene Gesetze in Umlauf: Vierzehn Länder haben das Rauchverbot in öffentlichen Räumen. Sechs haben Ausnahmen in Kirmeszelten. Vier Länder lassen die Schüler ab der elften Klasse in abgetrennten Hofecken paffen. Sechs Länder dulden sogar in Klinik-Gärten Raucherpavillons. Fünfzehn Länder arbeiten mit Sondererlaubnissen für Clubgaststätten oder abgetrennte Räume. Neun Länder machen Ausnahmen im Knast, wenn alle Häftlinge dafür sind. In Berlin ist fast alles erlaubt. In Bayern fehlt nur noch der Schießbefehl.«

»Ist ja Wahnsinn!«

»Sage ich doch! Ein heilloses Durcheinander. Deshalb muss ein Navigator hierzulande nicht nur melden, wenn eine Tankstelle oder ein Hotel in der Nähe ist, sondern auch, wo die Suchtkranken Asyl finden, ohne tausend Euro Bußgeld zu bezahlen. Stimmt's?«

»Ja ja, das ist schon genialisch! Aber ob sich das für euch bezahlt macht?«

»Die Amortisation ist eine einfache Rechenaufgabe: Jeder vierte Deutsche raucht, das sind zwanzig Millionen. Fünf Millionen sind zu jung für ein Auto mit Navi. Fünf Millionen sind zu alt für eine Entwöhnung. Fünf Millionen haben kein Geld für ein Ergänzungsprogramm. Bleiben fünf Millionen potenzielle Kunden für unseren ›Ratgeber Rauch‹. Wenn wir nur einen Euro Lizenzgebühr nehmen, werden wir Millionäre!«

»Donnerwetter! Dann könnt ihr ja das Haus kaufen, und wir sind alle Sorgen los.«

»Im Prinzip, ja. Aber man soll das Fell des Bären nicht verteilen, ehe er erlegt ist!«

»Sehr weise! Aber da du beim Zielen auf euren Bär noch ein Auge frei hast, könntest du vielleicht doch den Miethai mal anvisieren? Ich lass dir alles hier, was wir bisher erfahren haben.«

Ehe Lars noch mal »nein« sagen konnte, war Adelbert schon aus der Tür. Aber nicht, um in seine Wohnung abzutauchen, sondern um bei Gustav Güdokeit anzuklopfen, denn heute war Sonntag, und da gilt die Verabredung des »Kahlkopf-Trios«, wonach einmal in der Woche einer für alle kocht.

Der heutige Gastgeber war Gustav. Bei Gustav gab es meistens russische Pelmenis aus der Tiefkühltruhe. Was kein ausreichender Grund wäre, hinzugehen, denn Arthur bevorzugte Gulasch oder Steaks. Und Adelbert Fondulski blühte erst auf, wenn es Truthahn mit Trüffeln als Drei-Gänge-Menü gab. Ihn tröstete nur, dass auf der Tüte von Gustavs Teigtaschen damit geprahlt wurde, dass eben diese auch am Zarenhof in Petersburg geschätzt wurden. Dabei waren Gustavs Soßen oft nur als Fliesenkleber zu gebrauchen! Aber heute hatte er sie verfeinert, wie man das nur von den Fernsehköchen kannte. Manche kleckerten über die Pelmenis ja nur heiße Butter oder saure Sahne. Gustav dagegen hatte die Sahne mit Joghurt gestreckt und Schnittlauch reingerührt, eine Prise Knoblauch, Pfeffer, Salz und Zucker dazugegeben. Und nach russischer Tradition stand auch ein Wasserglas mit Wodka neben dem Teller. Das ließ alle Zweifel schnell verfliegen.

So standen nun die drei Männer in Gustavs kleiner Küche und fachsimpelten. Arthur fragte: »Meinst du nicht, dass die Dinger gar sind?«

Gustav brummte: »Erscht, wenn se oben schwimmen!«

Adelbert Fondulski murmelte: »Ich mag ja jedwede Teigwaren am liebsten ›al dente‹. Aber der Punkt ist wohl schon überschritten?«

Worauf Gustav barsch erwiderte: »Dann nimm du mal die Bestecker und überschreite die Schwelle zum Esstisch!«

Da hockten sie dann und aßen und tranken und waren mit der Welt erst mal zufrieden. Bis Adelbert sagte: »Gestern brachten sie im Radio, dass es ein neues Haarwuchsmittel gibt. Das soll ganz toll wirken!«

Gustav foppte: »Denn koof dir mal 'ne Pulle davon, aber klecker erscht mal drei Troppen uff'n Bleistift, und wenn da denn 'ne Zahnbürschte draus wächst, ist das Zeug jut!«

Arthur klagte: »Ich weiß ja auch nicht – meine Haare werden immer weniger, trotzdem habe ich wieder vierzehn Euro fürs Schneiden bezahlt.«

Adelbert grinste: »Vielleicht mehr fürs Suchen?«

Gustav hatte gelesen, dass es einen Test gibt, um die Lebenserwartung auszurechnen. »Kenn ich«, sagte Adelbert. »Danach bin ich schon zwölf Jahre tot! Dabei war ich die meiste Zeit nicht auf deine Kochkunst angewiesen!«

»Momentemal«, protestierte Gustav, »meine Frau hat mich mal mit Lafer und Biolek verglichen!«

»Donnerwetter, das sind ja zwei Sterne!«

»Wie man's nimmt«, sagte Gustav kleinlaut. »Sie meinte: So wie die beiden kochst du nie!«

Arthur nahm Gustav in Schutz: »Mir hat es geschmeckt. Und wenn es stimmt, dass Essen der Sex des

Alters ist, dann hast du dafür gesorgt, dass mir die Hose zu eng wird. Aber nur am Gürtel!«

Zum Glück stand genügend Wodka auf dem Tisch, um jeden Kummer zu ertränken. Aber dann zählten sie auf, was sie früher am liebsten gegessen und welche Tricks ihre Frauen bei der Zubereitung beherrscht hatten. Und dann tranken sie auf deren Wohl im Himmel – obwohl dort das Teufelswasser verboten sein wird.

Es gab dann aber immer noch einen amtlichen Teil bei diesen Begegnungen.

Da lagen Hilfeersuchen von Mitbewohnern vor, die nach Zeit und Fertigkeit für die kommende Woche aufgeteilt werden mussten. Und Adelbert, der für das kostenlose *Wochenblatt* des Stadtbezirkes kurze Notizen für die Rubrik »Denkwürdiges« zulieferte, stellte seine Textentwürfe zur Diskussion, um neue Anregungen aus der Stadtgeschichte oder den Schildbürgerstreichen im Rathaus mitzunehmen. Deshalb zog er nun ein Manuskript aus der Tasche und las mit stolzer Andacht:

> »*Die Büchse der Pandora*
> Die Bundesbank hat eine Gedenkmünze zu 2,– Euro mit dem Relief der Dresdener Frauenkirche herausgegeben. Dieses Baudenkmal ist zweifellos aller Mühen wert. Die Rettung der zerbombten Quader durch findige Bauleute. Die Nachbildung des Turmkreuzes durch britische Sponsoren. Und

all die Spenden, die allein der Trompeten-Virtuose Güttler zusammengeblasen hat.
Doch gleichzeitig teilen nun unsere Behörden mit, dass der jährliche Schaden durch Graffiti-Schmierereien die gleiche Summe verschlingt wie der Wiederaufbau der Frauenkirche. Da wird also alljährlich durch Narrenhände eine Frauenkirche zu Staub! Ist das nicht ein zu teures Hobby?«

Adelbert guckte fragend in die Runde. Arthur nickte, Gustav schwieg. Das machte Adelbert nervös. Er stieß Gustav an: »Du könntest ja wenigstens wie der Arthur nicken.«

»Dis kann ich eben nich, weil ich nich weeß, wie das mit die Büchse von deine Isodora da inne Überschrift zusammenhängt.«

»Nun, die Pandora war eine Gestalt aus der griechischen Sagenwelt. Und nachdem Prometheus bei der Sonne das Feuer gestohlen hatte, wurde sie beauftragt, die Menschheit dafür zu bestrafen.«

Gustav staunte: »Wejen een Feuerzeug?«

»Wegen der Verletzung der Gebote von Gottvater Zeus! Drum gab der ihr eine Büchse mit allen Übeln mit, die sie über uns auskippen sollte.«

Gustav kapierte: »Und das war die Farbbüchse von diese Jungens?«

Adelbert Fondulski guckte hilflos auf Arthur und flehte: »Sag du mal was dazu!«

Worauf Arthur zum Wodka griff und meinte: »Also,

wenn der Gustav deine Überschrift nicht versteht, könnte das anderen Lesern auch so gehen. Schreib doch einfach drüber: ›Graffiti-Schmierereien sind teuer‹.«

Nun brauchte Adelbert einen Wodka, doch dann verkündete er: »Na schön, auf Wunsch eines einzelnen Herrn …«

Das wollte Gustav aber nicht hinnehmen: »Also, wennste schon uff einzelne Herren Rücksicht nimmst, denn könnteste dir ooch ’n anderen Schluss einfallen lassen. Dis mit dem ›teuren Hobby‹ is doch wie ’n Fliegenschiss! Warum schreibste nich, dass es uns billiger kommt, wenn mit Pauken und Trompeten dafür jesorgt wird, dass mehr Jugendclubs und Malzirkel, Musikschulen und Betreuer bezahlt werden. Sonst langweilen sich die jungen Leute zu Tode, denn jehn se zur Bundeswehr und zerdeppern wieder Kirchen.«

Adelbert Fondulski rang um Luft, um dann zu kontern: »Also so was kannst du deinem Parteiblättchen anbieten, aber nicht dem überparteilichen Anzeigenblatt!«

Arthur fragte: »Meinst du wirklich?«

Gustav knurrte: »Na klar, weil se da vonne Annoncen der Neureichen leben. ›Wes Brot ich ess, des Lied ich sing.‹ Kennste doch?«

Adelbert Fondulski räusperte sich: »Also heute habe ich deine russischen Teigtaschen gegessen, und ich singe nicht dein Lied! Schon, weil du die Dinger früher vom Herd nehmen musst, damit sie nicht so labbrich oder lasch wie mein Text werden. Bloß, was ich auf dem

Papier habe, kann ich ändern, was ich im Bauch habe aber nicht!«

Gustav zuckte bedeppert mit den Schultern, ging an den Kühlschrank und kam mit einer kleinen Flasche Magenbitter wieder zurück: »Trink mal hiervon, dann jeht in deinem Bauch die Sonne wieder auf, das ist nämlich 'n reines Naturheilmittel.«

Arthur bestätigte das umgehend. Und nachdem alle drei die kleine Flasche geleert und die Aufträge für die nächste Woche verteilt hatten, waren sie sich einig, dass ihr »Kahlkopf-Trio« und die »Schwestern-Theresa« als ehrenamtliche Nachbarschaftshilfe auch eine Art Naturheilmittel für das ganze Haus waren.

Heutzutage nennt sich das »betreutes Wohnen« und muss teuer bezahlt werden. Da verschlingt dann der Vorstand und die Verwaltung das halbe Geld. Das könnten sie billiger anbieten, wenn sie eine Etage dafür herrichteten. Sie müssten nur noch herausfinden, welcher Schatten sich vom Immobilienmarkt her über das Haus legt und wie der zu durchbrechen wäre.

Adelbert Fondulski erzählte, dass er in der Redaktion des Wochenblattes vertraulich etwas über den Investor aus Kanada gehört hatte und wie er versucht hatte, den Lars vom »Computer-Trio« einzuspannen.

Gustav notierte, dass eine große Flasche Magenbitter rangeholt werden müsse. Obwohl Alkohol nicht geeignet ist, Geheimoperationen zu verdecken!

Ausflug mit Anschluss

Der Bus war eigentlich ausgebucht. Die Wandergruppe der Volkssolidarität wollte in den Wörlitzer Park. Als Gruppe hatten sie Rabatt. Aber dann war die pummelige Hedwig Kulke beim Fensterputzen von der Leiter gerutscht. Ihr Fuß bekam ein Gipsbett, und die Restgruppe bekam keinen Rabatt. Bis die ebenso propere wie anhängliche Gisela Grollmann Arthur den Engel beschwatzt hatte, doch noch mal mitzufahren.

»Was soll ich da«, nörgelte Arthur. »Die Bäume da kenne ich alle mit Vornamen. Fahrt doch mal weiter weg.«

»Leicht gesagt. Im Gebirge sind die Preise höher als die Berge und an der See sind sie gesalzener als das Wasser.«

»Ja, Reisen kosten Geld, aber die Erinnerungen sind die Zinsen!«

»Und warum wollen Sie ihre Erinnerungen nicht auffrischen?«

»Weil ich schon dreimal da war.«

»Aber jeder Frühling hat doch einen anderen Atem?«

»Das hör ich nicht, weil mein Atem röchelt.«

»Dann gönnen Sie Ihren Lungen die Frischluft – kommen Sie mit in den Park!«

»Ja schön, aber erst mal in den Bus – zwei Stunden hin, zwei Stunden zurück. Das sind vier Stunden ohne Zigarre!«

»Aber dafür lockt dann der Duft der Blumen …«
»Von Hyazinthen kriege ich Kopfschmerz!«
»Dann halten Sie sich an die Veilchen und Krokusse.«

So ging das eine Weile, bis Gisela Grollmann auftrumpfte: »Der Park gehört zum Weltkulturerbe! Da kommen Besucher aus Japan und Indonesien!«

»Weiß ich. Die Engländer würden dort am liebsten ein Seniorenheim einrichten. Das war nämlich der erste Park im englischem Stil hier in Deutschland. Das Gelände ist 112 Hektar groß. Da kann man sich totlaufen. Und das muss man auch, um die zwei Dutzend Gärten, Grotten, Inseln und Museen zu bestaunen.«

»Na hallo! Sind Sie da als Fremdenführer beschäftigt?«

»Ich sagte doch, dass ich schon öfter da war. Und ich fahr ja nicht zum Kaffeetrinken.«

»Sondern?«

»Für mich sind das Studienreisen, wegen Cranach und Rousseau, Herder und Forster, und wegen der Gondeln.«

»Na, dann wissen Sie auch, dass wir gar nicht so viel laufen müssen. Und bei der Busfahrt können wir ja eine Rauchpause einlegen. Ansonsten setz ich mich neben Sie und füttere Sie mit Apfelstücken.«

Das mit der Rauchpause und den Apfelstücken fand Arthur gar nicht schlecht. Nur die Vorstellung, dass ausgerechnet die Gisela Grollmann unterwegs auf ihn einreden würde, machte die Sache etwas heikel. Die Frau war mal beim Fahrdienst der Bahn. Dort hatte sie bestimmt, ob und wann ein Zug abfahren durfte. Und wenn sie rief: »Zurücktreten!«, dann sprangen die Leute vor Schreck einen Meter von der Bahnsteigkante zurück. Doch in der gleichen Tonlage sagte sie nun: »Also morgen früh um neun mit kleinem Rucksack und bequemen Schuhen vor der Tür. Klar?«

Und Arthur der Engel, der ein bisschen zu gutmütig ist, konnte nur noch nicken.

Dann saß der Arthur zwei Stunden neben der Gisela im Bus. Und zwei Stunden gondelte er an ihrer Seite durch das malerische Naturdenkmal.

Sie schwärmte: »Schauen Sie nur, diese herrliche Eiche! Die ist bestimmt tausend Jahre alt. Wenn die sprechen könnte, was würde sie sagen?«

»Sie würde sagen: Ich bin eine Buche!«

Gisela war pikiert: »Das hätten Sie mir auch anders beibringen können. Aber Männer haben eben eine eigene Art der Konversation.«

»Sie sprechen aus Erfahrung?«

»Vor der Hochzeit redete mein Mann pausenlos auf mich ein, und ich hörte zu. Nach der Hochzeit redete ich auf ihn ein, und er hörte nur zu. Und vor der Scheidung redeten wir beide meistens gleichzeitig. Da hörten dann die Nachbarn zu!«

»Das tut mir leid.«

»Das muss Ihnen nicht leid tun. Eine Kartenlegerin hatte mich ja gewarnt, dass meine Männersuche mit Null endet.«

»Aber Sie hatten doch einen gefunden?«

»Das war ja die Null!«

Arthur zuckte kurz zusammen, aber dann musste er sich seiner Aufgabe als Fremdenführer der anderen Damen widmen. Frau Krummbiegel fragte nämlich, ob das Denkmal da hinten die Königin Luise wäre?

Arthur musste zugeben: »Auf diese Entfernung kann ich das leider nicht erkennen. Aber wenn man nicht weiß, wen ein Denkmal darstellt, dann muss man ihm den Kopf abreißen und warten, was die Presse am nächsten Tag meldet. Übrigens rätseln Laien oft, wie es dem Bildhauer gelingt, solche lebendigen Figuren aus dem Marmor herauszuholen. Dabei ist das ganz einfach: Man muss nur alles weghauen, was nicht dazu gehört!«

Das Kichern war mäßig. Der Blick von Gisela Grollmann war strafend. Arthur nahm sich vor, seriöser aufzutreten. Aber das lag offenbar nur an Gisela Grollmann, dass er seine Mitte nicht fand. Diese Frau hatte nicht nur Haare auf den Zähnen. Die hatte auch, wie sich bald zeigte, ein Kopfkissen auf der Zunge! Und so was machte Arthur nervös.

Bei seinen seriösen Erklärungen über den Klassizismus des Architekten von Erdmannsdorff und den perspektivischen Gemälden von Canaletto begannen einige Damen zu gähnen und sich den britischen Kletterrosen zuzuwenden. Und nach dem üppigen Mittagsmahl im »Gasthaus zum Eichenkranz« hatte dann auch Arthur die richtige Bettschwere, um sich weitere historische Hinweise zu verkneifen. Die Gruppe nahm es mit Erleichterung auf.

Aber das war nun die Stunde von Gisela Grollmann. Auf einer Bank, vor der Kaffeepause, griff sie in ihr Handtäschchen, schraubte das Fläschchen »Orientalische Nächte« auf, betupfte beide Öhrchen damit, beugte sich dann zu Arthur hinüber und sagte mit einer Stimmlage, die er von dieser Dame noch nie gehört hatte: »Was Ihnen jetzt fehlt, Herr Arthur, ist eine breite Couch, ein weiches Kopfkissen, eine kuschelige Wolldecke und eine sanfte Musik zum Einschlafen. Und dann ein duftender Kaffee, eine kleine Ecke Sahnetorte und ein feuriger Cognac hinterher. Stimmt's, Sie Lotse durch die Weltkultur?«

Was sollte Arthur darauf antworten? Er bekam seinen Dackelblick, auf den seine verstorbene Frau auch nie eine Antwort fand außer mit einem versöhnlichen Küsschen. Drum rückte Arthur auch gleich einen halben Meter von Frau Gisela ab. Was deren runde Hüften aber sehr beweglich korrigierten.

»Kann es sein, dass Sie Berührungsängste haben?«, röhrte sie mit tiefer Stimme.

Arthur verneinte, was sie ermunterte, drum schob er nach: »Unsereins möchte im fortgeschrittenen Alter nur nicht den Eindruck erwecken, dass er Anschluss sucht.«

»Aber warum denn nicht?«, gurrte Frau Gisela.

»Weil – was bei den Fünfzigjährigen noch Liebe sein kann, ist bei den Sechzigjährigen nur noch Gewohnheit und bei den Siebzigjährigen meist blanke Berechnung.«

»Aber ich bitte Sie: Was gibt es denn da zu berechnen?«

»Na, die Pflegestufe oder die Erbschaft.«

»Wissen Sie, wonach ich den Tag berechne? Wie oft hat es mir geschmeckt? Wie oft habe ich gelacht? Was habe ich gestern noch nicht gewusst oder gewollt?«

»Dann sind Sie ein glücklicher Mensch.«

»Heute, ja.«

»Nanu, gab's denn schon was zu lachen?«

»Na, klar! Wie Sie beim Floratempel sagten, das sei die Venus, und beim Venustempel glaubten, das sei die Prinzessin Amalie. Aber dafür haben Sie anschließend im Pantheon die Göttin der Eitelkeit mit so viel Nachsicht beschrieben, dass allen Frauen warm ums Herz wurde.«

»So so. Jetzt wird mir aber heiß hier. Ich muss ein bisschen an die frische Luft gehen.«

»Lockt das Laster?«

»Das lockt momentan mehr hier drinnen.«

»Meinen Sie mich damit oder Ihre Zigarrentasche?«

»Dreimal dürfen Sie raten.«

»Aber Herr Anders! Ich kenne doch meine Unzulänglichkeiten.«

»Nun mal nicht übertreiben, Frau Grollmann! Mit Ihrer Erscheinung können Sie noch manches Unheil anrichten!«

»Aber auch nur, weil ich ein paar Euro mehr für

Kleidung und Kosmetik ausgebe. Neulich habe ich einhundertvierzig Euro für Unterwäsche investiert, weil meine Mutter immer sagte: ›Mädchen, zieh dich untenrum ja richtig an. Wenn dir mal was passiert!‹ – Nun hoffe ich immer, *dass* was passiert!«

Jetzt wurde Arthur trocken im Hals. Er räusperte sich, stand auf und verließ das Café. Gisela Grollmann verspürte ein Zucken in ihren Beinen. Aber als sie die Blicke der anderen Damen einfing, da wirkten die wie Fußfesseln. Sie überlegte deshalb auf der Heimfahrt nur noch, welches Wasserrohr oder welche Sicherung in ihrer Wohnung so störanfällig sein könnte, dass ein Hilferuf bei »Arthur dem Engel« nicht zu auffällig wäre. Am Ende entschied sie sich für einen Einsatz mit Schlagbohrer, um einen kleinen Wandspruch im Flur zu befestigen: »Alter schützt vor Liebe nicht, aber Liebe vor dem Altern!«

Als Arthur den Spruch drei Tage später befestigt hatte, ging er mit tiefen Eindrücken über die Fortschritte der Miederindustrie nach Hause.

Möglich, dass nun irgendein Leser fragt: »Was soll denn dieser Schnullifax, dieses Eiapopeia der alten Katzen und Kater?«

Lassen Sie mich klarstellen: Auch der Herbst des Lebens hat schöne Tage. Auch an ausgebrannten Weidenbäumen wachsen grüne Blätter. Viele Alte sind nämlich viel jünger als viele Junge ahnen. Manchmal reicht zum Glück – nach Tagen auf klapprigen Beinen –

wieder das prasselnde Nass der Dusche auf der Haut zu spüren. Manchmal ist es die exotische süß-saure Soße beim Chinesen, die die Zunge jubeln lässt. Und manchmal ist es eben auch das seltsame Gefühl, das der Blick in ein anderes Gesicht auslösen kann. Unter jedem erloschenen Vulkan brodelt immer noch die heiße Lava. Und wer das nicht glaubt, kann sich schnell die Finger verbrennen!

Die barmherzigen Schwestern

Je mehr das Gesundheitswesen an Schwestern einspart, um so mehr müssen barmherzige Mitmenschen bei der Daseinsfürsorge helfen.

Im Hochhaus an der Parkaue traf Karin Baal beim Krankenbesuch in der zehnten Etage auf Margitta Deter, die zwei Treppen tiefer wohnte.

»Was machst du denn hier oben?«

Margitta zeigte das Babyöl in ihrer Hand: »Hab ich bei Jenni gepumpt für die Anke.«

»Ist die schon wieder raus aus der Klinik?«

»Schon zwei Tage. Sie muss aber noch geschont werden, drum hab ich mal nachgesehen, ob was fehlt.«

Karin runzelte die Stirn: »Bei der fehlt Vernunft. Das dritte Kind ohne Vater!«

Margitta beschwichtigte: »Weil sie dreimal darauf gebaut hat, dass die Liebe hält!«

Karin schüttelte den Kopf: »Kinderkacke ist kein Kitt für brüchige Beziehungen.«

Margitta ging zum Fahrstuhl, drehte sich um: »Aber ein bisschen Liebe kann Wundöl für ein zerrissenes Leben sein.«

»Gewiss, aber wenn die Liebe nur im Bett stattfindet, muss man entweder über Verhütungsmittel oder über das Alimentenrecht gut Bescheid wissen!«

»Sei froh, dass dir das nicht passiert!«

»Ich frage ja auch jeden, der mich anbaggert, ob

sein Konto den Dauerauftrag für eine alleinerziehende Mutter aushält. Manche werden dann so blass wie der alte Kramer nebenan.«

»Wie geht's dem denn?«

»Der stand heute früh hier am Fahrstuhl. Ich sagte: ›Um Himmels willen! Wollen Sie sich eine Lungenentzündung holen?‹ – ›Nö‹, sagt er, ›nur 'ne Flasche Bier.‹ Ich sag: ›Trinken Sie lieber Ihren Nierentee.‹ ›Der schmeckt nicht‹, sagt er. Ich sag: ›Dann denken Sie einfach, das wäre Bier!‹ Da fragt der doch: ›Kann ich nicht lieber Bier trinken und denken, das wär Nierentee?‹«

Der Fahrstuhl zog die beiden Ersatz-Krankenschwestern auseinander.

Es entspringt der Weisheit der Natur und sichert den Fortbestand der Menschheit, dass fast allen Frauen dieser Welt – auch, wenn sie keine Mütter sind – eine wohltuende Mütterlichkeit innewohnt, die sich mal sanft und mal barsch bemerkbar macht, sobald ein Mitmensch ins Straucheln kommt. Wäre dies anders, bestünde das »soziale Netz« nur noch aus Löchern. Es ist nämlich nicht der staatliche Sozialetat, sondern das private soziale Engagement, das uns über Wasser hält.

Die jugendlich wirkende Margitta Deter aus der achten Etage hatte zum Beispiel einen Schlüssel zur Wohnung ihrer neunzigjährigen Nachbarin. Die alte Frau Kerner war ein kerniger Typ. Sie fuhr mit der Gehhilfe zum Einkauf, kochte ihr Mittag allein, las Zeitung, löste

Kreuzworträtsel und debattierte gerne über den Wahrheitsgehalt der Horoskope. Zur Zeit aber war sie bettlägerig. Sie war im Bad ausgerutscht. Nun lebte sie vom »Essen auf Rädern« und war dankbar, wenn die jüngere Nachbarin zweimal am Tag reinschaute, die Post brachte, die Pillen besorgte, die Pullen mit Mineralwasser ans Bett stellte und das Handy für den Notruf auflud.

Margitta hätte auch ohne Frau Kerner keine Langeweile gehabt, weil sie nach dem Konkurs ihrer Firma als Laborantin entlassen wurde und nun Bewerbungen schrieb oder Umschulungskurse besuchte. Mal galt sie als »überqualifiziert«, mal als »unterqualifiziert«, weil ihr niemand zu sagen wagte, dass sie mit fünfzig zu alt sei für den Marathonlauf des Konkurrenzkampfes. Inzwischen hatte sie als barmherzige Seele mit Grundkenntnissen der Chemie und Pharmazie so vielen Nachbarn im Hause geholfen, dass sie den inoffiziellen Rang als »Oberschwester« genoss.

In dieser Eigenschaft rief sie öfter die Karin als examinierte Krankenschwester herbei, die wegen der Babypause und dem Sparprogramm ihrer Klinik in der »Warteschleife« steckte und auf eine Vollbeschäftigung und einen Krippenplatz hoffte.

Als dritte der »Schwestern Theresa« wäre die umtriebige Gisela Grollmann zu nennen. Die war mal im öffentlichen Dienst bei der Stadtbahn. Bei ihr in der siebten Etage war immer was los, weil sie sich ohne drei Funktionen unausgelastet fühlte. Sie hatte auch den Anstoß für die Formierung dieses hausinternen

Pflegedienstes gegeben, nachdem eine betagte Mitbewohnerin – unbemerkt von allen Nachbarn – tagelang tot in ihrer Küche gelegen hatte. Solche »Schande« sollte sich nicht wiederholen.

Nun mag nicht jeder Bedürftige betreut werden. Aber ein Mensch, der liegt und leidet, hat eine andere Meinung über die Nützlichkeit von Pflegediensten als einer, der munter und fidel ist. Die Sozialämter schätzen, dass in einem fünzigjährigen Haus, wo auf fünfzehn Etagen dreihundert Leute wohnen, etwa die Hälfte um die siebzig ist. Da sind dann zwei-drei Dutzend von chronischen Krankheiten geplagt.

Vor einem solchen Haus fahren täglich ein Dutzend Betreuungsdienste vor. Die einen kommen zum Verbandwechsel, andere müssen Spritzen verabreichen, die dritten machen therapeutische Übungen oder Putzdienste, wieder andere bringen »Essen auf Rädern«. Manchmal wird bei einem Schwächeanfall »fremde Hilfe« nötig und per Notruf herangeholt oder ein Fahrdienst zum Arzt organisiert. Dass dazu viele Autos hunderte Kilometer fahren, ist üblich, aber nicht logisch. In den Dörfern der DDR machte das die legendäre Gemeindeschwester »Agnes« auf dem Moped. Heute könnte die per Computer auch jederzeit den Arzt einschalten. Wenn es sie denn gäbe!

Solcherlei Überlegungen führten in unserem Haus punktuell und zeitweilig zu einer Form des »Betreuten

Wohnens«, für die es kein Regelwerk und keinen Preiskatalog gibt. Aber es funktionierte. Woran natürlich auch das »Kahlkopf-Trio« der hilfsbereiten Männer seinen Anteil hatte.

Bei den kranken Frauen hielten sich Männer gerne raus, wie umkehrt die Hilfsschwestern auch mal männliche Hilfe anforderten. Erst gestern hielt Karin Baal »Arthur den Engel« im Fahrstuhl fest:

»Können Sie mal auf einen Sprung mit in die fünfzehnte Etage kommen?«

»Wer liegt denn da?«

»Na, der junge Weidemann. Aber den betreue ich nicht mehr, den Grabscher. Oder nur, wenn auch sein rechter Arm in Gips gelegt wird!«

»Nicht doch! Wir müssen uns doch über jedes Zeichen der Genesung unserer Patienten freuen.«

»Na, das müssten aber andere Männer sein als die, die hier wohnen!«

»Der junge Weidemann hat aber ein tolles Motorrad!«

»Ich trag aber keine Lederjacke mehr.«

»Mit Helm wäre vielleicht besser, wenn er grabscht?«

»Bei dem brauche ich einen Taucheranzug!«

Die löbliche Geschäftigkeit im Haus, die an einen Bienenstock erinnerte, wurde aber zum Wespennest durch das Gerücht, dass die Wohnungsgesellschaft weitere Häuser auf dem Immobilienmarkt zum Verkauf anbieten würde. Das Haus unserer stillen Helden sollte auch dazugehören. Irgendwer plante da angeblich eine Luxussanierung oder ein Jugendhotel als Kapitalanlage. Diese Mitteilung klebte an keinem Informationsbrett, stand in keinem Brief »an die verehrten Mieter« und war dennoch binnen weniger Stunden im ganzen Haus bekannt. Die Mieter hatten das Gefühl, auf einem Schleudersitz zu hocken. Was aber den stolzen Besitzern von Eigenheimen im Prinzip genau so geht, wenn man die Zahlen der Zwangsversteigerungen kennt.

Eben deshalb überlegte das »Kahlkopf-Trio« im Haus – Adelbert Fondulski, »Gustav der Grimmige« und »Arthur der Engel« –, wie man mit der Wohnungsverwaltung ins Gespräch kommen könnte: Welche Rechte hatten Mieter und Vermieter? Welche Zwänge ergaben sich aus den Bilanzen? Welche Alternativen wären denkbar und finanzierbar? Welche Verbündeten bräuchte man?

Das kostete Zeit und Kraft, denn daneben blieben ja die vielen Alltagsaufgaben für alle Altersgruppen in diesem Haus. Nächste Woche hatte die alte Frau Pippig, die mal Lehrerin war, ihren 80. Geburtstag und dazu hatten sich – ohne ihr Wissen – achtzig ehemalige Schüler zum Ständchen angesagt. Wer würde die Tische und Bänke, die Kekse und Getränke herbeischaffen?

»Arthur der Engel« schickte »Gustav den Grimmigen« zu einem Partyservice. Und Adelbert Fondulski dichtete einen neuen Text für das Lied vom alten Baum, das die »Schwestern Theresa« vortragen wollten.

Man ist eben nicht daheim, wo man gerade seinen Wohnsitz hat, sondern dort, wo man auch Wurzeln schlagen kann.

Wie man sich bettet …

Egal, ob die moderne Technik in Trippelschritten oder mit großen Sprüngen daherkommt, die Grauköpfe und Silberlöckchen haben oft große Mühe, hinterherzukommen.

Die Warnings im Hochhaus an der Parkaue bekamen von ihren Kindern zu Weihnachten einen elektronischen Wecker geschenkt, der sie mit sanfter Musik in anschwellender Lautstärke freundlich wecken sollte. Die Gebrauchsanleitung pries die achtundzwanzig Funktionen des Gerätes: vollautomatische Einstellung der Sommer- und Winterzeit. Musikauswahl zwischen klassischer Ballettmusik, Pop-Songs oder Volksliedern. Alternativ auch ein Hahnenschrei, ein Fluch im bayerischen Dialekt oder ein Kampflied. Stundenanzeige mit Piepton oder Gong. Schaltverbindung zum Radio, zum Backofen oder Eierkocher. Wahlweise auch auf Batteriebetrieb für unterwegs und so weiter.

Die Warnings übten drei Tage und Nächte die richtige Programmierung. Aber dann durchlebten sie ihre schlimmste Ehekrise nach der Goldenen Hochzeit, weil das Gerät jede Nacht um null Uhr in voller Lautstärke die Internationale schmetterte, was dem alten Warning als FDP-Wähler besonders auf die Nerven ging. Das Gerät verschwand dann am Neujahrsmorgen in den Müllschlucker.

Oder das Handy, das Oma Küster von ihren Enkeln geschenkt bekam. Mit fünfzig Funktionen auf zwanzig winzigen Tasten, obwohl Oma Küster nur zwei Funktionen auf möglichst großen Tasten brauchte, um die Kinder oder den Notarzt anzurufen. Weil aber der Notruf schon einsetzte, wenn man verwirrt quer auf die Tasten drückte, stand dann dreimal ein Arzt mit Trage und Rollstuhl an ihrer Tür, der ihr Nachhilfe bei der Bedienung des Handys geben musste.

Solche Vorgänge bestärkten unsere Altvorderen in der Überzeugung, dass man mit moderner Technik nur solche Probleme lösen kann, die man ohne die moderne Technik gar nicht hätte.

Gustav der Grimmige kannte das. Er ahnte nur nicht, dass die Technische Revolution auch längst das gute alte Bett ergriffen hatte. Er hatte zwar keine Probleme mit einem geruhsamen Schlaf, die hatte aber die kleine Marie aus der vierzehnten Etage. Sie hatte als Kind einen Unfall. Seither war ihr Rückgrat lädiert. Sie saß die meiste Zeit in ihrem Zimmer oder humpelte mal kurz durch den Park. Nicht, weil ihr niemand geholfen hätte. Umgekehrt: Ihr war das Mitleid lästig.

Gustav Güdokeit war hingegen der Mutter Mariechens lästig, und zwar seit letztem Herbst. Da hatte sie sich mal zu ihm auf die Parkbank gesetzt und über ihren Hexenschuss geklagt. Worauf Gustav aufstand, sich hinter die Frau stellte und ihre Arme hochzog, bis sie aufschrie. Dann umklammerte er ihren Brustkorb von hinten, wobei sie wieder aufschrie. Und dann stemmte er sein Knie in ihren Rücken und hob sie mit einem energischen Ruck an. Der Schrei, der dann folgte, rief einen Polizisten herbei, dem Gustav mürrisch erklärte:

»Nu jehn Se mal weiter. Dis hier hat alles seine Richtigkeit. Die Frau klagte über'n Hexenschuss. Und ich war Sanitäter bei die Kampfgruppe. Da hatten wir die besten Fachleute vonne Charité als Ausbilder. Und een Professer vonne Knochendoktors hat mir den Kunstgriff beijebracht. Nu steh mal uff, Rita, und zeig dem Kommissar, dass de wieder richtig loofen kannst!«

Und dann stand die Rita tatsächlich auf und lief, wie sie lange nicht gelaufen war, und ward nicht mehr gesehen.

Trotzdem machte der Vorfall die Runde im Kiez, weil da mancher an Gustavs Ruhm als Wunderheiler zweifelte:

»Der hat doch – in Anwesenheit der Polizei – gewagt, der armen, leidenden Frau brutal ins Kreuz zu treten! Und hinlegen durfte sie sich auch nicht, weil er sie angeschrien hat, sie soll endlich aufstehen und nach Hause gehen. So was hat der alles beim früheren Betriebsschutz gelernt. Das war eben doch ein Zwangsregime!«

Mutter Rita machte seither um Gustav einen Bogen. Aber sie schimpfte nicht über ihn. Und gestern setzte sie sich sogar – erstmals seit damals – wieder zu Gustav auf die Parkbank:

»Sie kennen doch mein Mariechen? Det Mädel hat so viel Last mit ihre Leiden. Und neulich hat nu der

Doktor jesagt, dass dit Bett, in dem se liegt, ooch eenen Jesunden zum Krüppel machen kann, wejen die Kuhle inne Mitte. Ick soll mir ... warten Se mal, ick such den Zettel ... hier hab ick ihn: um een ›ergometrischet Jestell mit beweglichem Lattenrost und Zonen-Matratze‹ kümmern. Det würde die Kasse zwar nich bezahlen, aber Mariechens Körper täte det bald vergüten. Können Se mir mal sagen, wo ick zwanzig Jahre nach die Wende noch 'ne Matraze ausse Zone herkriegen soll?«

Gustav musste lachen, weil er den Irrtum schnell aufklären konnte, da er mit seinem Kombi öfter sperrige Möbel für hilflose Nachbarn transportierte. Mutter Rita gehörte eben nicht zu jenen, die nach der Wende gleich in die Wegwerfgesellschaft eingetaucht waren. Dafür reichte ihr Geld nicht. Drum sagte Gustav: »Ich kann ja mal nachsehen, was es da so jibt. Und wenn mir ein jünstiges Angebot begegnet, fahren wir zusammen hin und prüfen, ob es lohnt.«

Der Frau fiel ein Stein vom Herzen.

Mariechen wartete fortan auf das Klingeln von Gustav. Aber Gustav hatte nicht geahnt, welche therapeutischen Wissenschaften, welche materialtechnischen Neuentwicklungen und welche in- und ausländischen Konkurrenten sich inzwischen in unseren Schlafzimmern austobten. Nach zwei Stippvisiten bei Billiganbietern fuhr er bei einem dänischen Bettenlager am Stadtrand vor. Die Größe der Halle verlangte bequeme Schuhe. Die Vielzahl der Bettgestelle, Lattenroste, Matratzen, Kopfkissen und Zudecken hätte beim Probeliegen einen Sonderurlaub verlangt. Und schon kam eine Dame auf ihn zu, die offenbar alle diese Betten selbst getestet hatte und fähig war, dem Papst ein Doppelbett anzudrehen:

»Guten Tag, der Herr! Was darf es denn sein?«

»Ich suche ein Bett.«

»Ja klar. Und wofür ist das gedacht?«

»Na, zum Schlafen.«

»Mann oder Frau, Jung oder Alt, Single oder Paar, Übergewicht oder Normalverbraucher, modern oder konservativ, gesund oder allergisch …?«

Jetzt wurde Gustav allergisch: »Nu hören Se mal zu: Das is für'n kaputtes Mädchen. Die hat's mit'm Rücken. Die braucht een Jestell, was ihr das Leben erleichtert.«

»Verstehe, die orthopädische Funktion steht für Sie im Vordergrund. Dann verlassen wir erst mal ganz schnell diese Top-Modelle aus dem Designer-Studio. Aber ich sage Ihnen gleich: Bei körperlichen Missbildungen hilft nicht allein das Gestell. Da müssen wir vor allem auf das Lattenrost und die Matratzen achten.

Beim Gestell ist nur der mehrachsige Motorrahmen wichtig, damit variable Höhen für eventuelle Pflegedienste eingestellt werden können.«

Gustav stöhnte: »Jessus-Maria, hätt ich mich bloß nich daruff einjelassen!«

»Also, da hätten wir hier ein Grundmodell zwei mal einen Meter, massiv skandinavische Erle, ohne Äste, ohne PVC-Folie, ohne toxische Imprägnierung, ohne polymere Lackierung, ohne Rollen, die die Standsicherheit gefährden …«

»Nu ja, aber doch wenigstens mit Kopf- und Fußteil. Das wär schon janz anjebracht! Und was kostet das?«

»Moment, ich schau mal nach … 329,– Euro!«

»Immerhin keene 330. Aber dis scheint mir doch ein bisschen zu teuer. Es muss ja keen Naturholz sein. Und wenn es nich stinkt, kann es ooch lackiert sein.«

»Ja, da hätten wir hier ein Sonderangebot: 2 x 0,9 m in deutscher Kiefer-Folie, mattiert, für 189,– Euro.«

»Das klingt schon besser. Da schläft man doch viel ruhiger drin?«

»Das hängt aber mehr vom Unterbau ab, um den wir uns kümmern müssen. Wenn Sie mir bitte folgen würden …«

Der Weg war länger als zu Gustavs Bank im Park. Aber dann meinte die Dame:

»Ich glaube, das hier wäre das Richtige für Sie!«

»Nich doch, ich guck mich doch bloß für die Pech-Marie um. Aber die Latten da sehen schön biegsam aus. Ich hatte mal een Bett, da lagen nur Bretter unten drin. Manchmal sind die ooch verrutscht, wenn ich mit meine Frau da rumjetobt hab. Eenmal krachten wir uffen Fußboden. Ham wa ooch schön jeschlafen hinterher!«

»Also mit dem Rost hier, krachen Sie bestimmt nicht zusammen. Das ist der in drei Segmenten verstellbare ›Medi-Dream‹ mit variabler Gewichtseinstellung für

Kopf – Hüfte – Fußteil. Alles tropische Hölzer, aber mit ökologischem Zertifikat.«

»Wozu das denn?«

»Zum Beweis, dass für die abgeholzten gleich neue Bäume gepflanzt werden!«

»Ach so, versteh schon: Ein jutes Jewissen ist een sanftes Ruhekissen!«

»So könnte man es auch nennen.«

»Und was zahle ich dafür?«

»Das steht hier dran: 229,– Euro.«

»Also teurer als das Bette? Und da is noch keene Matratze unterm Hintern!«

»Ja schön, dann müssen Sie eben auf das Rost da hinten ausweichen. Da ist nur das Kopfteil verstellbar. Die Latten sind dann aus heimischen Hölzern.«

»Macht wie viel?«

»90 Euro, Zweite Wahl. Ich dachte, Sie wollen dem behinderten Mädchen helfen?«

»Jewiss doch. Ich meine, wenn ich mit der hierher komme, können wir ja ooch das billige Etikett uff das teure Ding ruffkleben und ich zahle Ihnen denn die Differenz. Wissen Sie: Die haben's nich so dicke. Machen wir mal weiter!«

»Ja dann kämen wir zu den Matratzen, die stehen hinten am Nordeingang.«

Gustav hatte beim Gang durch die Halle das Gefühl, dass er auch bald ein anderes Bett braucht. Aber er tappelte wacker der Dame hinterher.

»So da hätten wir nun Rollmatratzen, Latexmatratzen, Federkern, Taschenfederkern, Kaltschaumvarianten, mit und ohne Nässeschutz, atmungsaktiv oder milbendicht, mit Schonbezug oder ohne, mit drei Zonen, fünf oder sieben Zonen ...«

»Sieben Zonen? So viele Körperteile hat doch keen Mensch nich!«

»Unsere neuesten Modelle bieten sogar neun Zonen an. Kosten aber auch 299,– in Kaltschaum. Und denken Sie bitte auch an die Transport- und Montagekosten.«

»Also, da wird mir janz heiß, denn unter 600,– komme ich doch hier kaum raus?«

»Ja, aber dafür haben Sie dann – wie hier beim Modell ›Penelope‹ – wirklich einen gehobenen Schlafkomfort mit einem nachhaltigen Regenerationseffekt!«

»Jo, jo«, sagte Gustav. »Das möchte schon sein. Es jeht eben bloß um den Zahlungseffekt. Aber ich rede mal mit die Leute. Schönen Dank ooch!«

Bei der Suche nach dem Ausgang überlegte Gustav:

›Vielleicht ist Mariechens altes Bettgestell noch zu gebrauchen? Dann wäre nur das verstellbare Lattenrost und eine anpassungsfähige Matratze nötig. Den Krempel pack ich in mein Auto und bau ihn alleine auf. Dann kostet das Ganze die Hälfte, und die Rita muss nicht an Mariechens Mitgift.‹

Die emsige Verkäuferin hatte indessen andere Sorgen: Wie hole ich die verlorene Zeit wieder rein? Aber da kam just ein Herr im offenen Lodenmantel mit

Seidenkrawatte und über die Schulter geworfenem Schal auf sie zu, den sie gleich wieder in das Designer-Studio für verwöhnte Ansprüche führen konnte, ohne die Preisliste aufsagen zu müssen. Es gibt eben so'ne und solche Kunden und im Osten leider mehr so'ne. Was aber die Regierung nicht um den Schlaf bringt.

Der Salonlöwe

Alle Menschen werden ab und an durch glückliche Zufälle oder unglückliche Vorfälle in eine andere Umlaufbahn ihres Erdendaseins geschleudert. Das muss keine Erbschaft, das kann eine Bekanntschaft sein. Das bringt Wind in die Stille des Alltags. Und wer dann mit den Flügeln der Neugier und der Tatkraft den Aufwind zu nutzen weiß, der sieht die Welt ein Weilchen mit anderen Augen.

Adelbert Fondulski, zum Beispiel, der anfangs als verwitweter Vorruheständler zum Einsiedler verkümmerte, brauchte mehrere Anläufe, ehe er begriff, dass das Kümmern um andere am besten gegen das eigene Verkümmern hilft. Und nachdem er mit seinen »gehobenen Ansprüchen« kaum als Kiez-Casanova Punkte sammeln konnte, wurde er plötzlich zum Salonlöwen in höheren Kreisen, obwohl sich sein dreisilbiger Familienname mit »F« schreibt. »Fondulski« ist also kein Adelsausweis. Das ist nur die zweideutige Variante von Lehmann oder Schmidt.

Adelbert hatte von ehemaligen Kollegen aus dem Finanzamt gehört, wie sie als Alleinlebende durch eine Partnerschaftsagentur neue Begleiterinnen fanden. Warum sollte er das nicht auch mal versuchen? Zwar orakelte ein Kollege, dass Adelbert wohl zu alt für die Kontaktbörse sei, aber das spornte ihn erst recht an, den Gegenbeweis zu liefern!

Nun weiß nur die Anzeigenredaktion, wie verlockend oder abschreckend seine Annonce geklungen hat. Jedenfalls hatte er nach zwei Wochen noch kein Echo. Deshalb fragte er bei der Agentur an, ob das üblich oder ein Versehen sei.

Die Dame am Telefon fragte: »Um welche Annonce geht es denn? Sagen Sie mir bitte die Codenummer und den Namen des Einsenders.«

»Na, Fon-duls-ki.«

»Von Dulski ...«, wiederholte die Dame. Dann rief sie: »Ich hab Sie! Aber ich sehe schon: Da ist ein Übermittlungsfehler aufgetreten. Wir hatten hier eine Praktikantin als Aushilfe. Ich korrigiere gleich mal ... Adelbert von Dulski war das. Sonst haben Sie aber keine Änderungen am Text?«

»Nö, nö«, beeilte sich Adelbert, »das kann bleiben, wie ich es eingereicht habe.«

»Ja schön«, meinte die Dame. »Stilistisch wäre der Text noch aufzupolieren, aber dann schiebe ich den Auftrag in der nächsten Ausgabe nach. Ich bin sicher, in acht Tagen haben Sie mindestens ein Dutzend Bewerberinnen auf dem Tisch liegen! Schönen Tag noch!«

Als Adelbert am nächsten Wochenende die »Herzblatt«-Seite seiner Zeitung aufschlug und seinen Text suchte, traf ihn ein Donnerschlag. Da stand mit fetten Buchstaben die Überschrift:

> »Adel verpflichtet! Seriöser älterer Herr aus besseren Kreisen sucht Partnerin für alles, was

Spaß macht. Wer Mut und Ideen hat, schreibt an Chiffre 60 174 10.«

Und zwei Tage später kamen die ersten drei Briefe. Einer auf Büttenpapier, handgeschöpft, mit Wappen im Kopfteil. Absender: Adelheid von Wolframsdorf.

Im Text dann: »Wir haben hier einen kleinen Zirkel zum Gedankenaustausch und für Tagesfahrten. Es wäre nett, wenn Sie dazustoßen könnten, da wir vier Damen uns manchmal etwas verlassen fühlen …«

Das ging Adelbert gleich aufs Gemüt.

Der zweite Brief kam von einer Studienrätin aus Kassel. Die lockte mit Versen von Rainer-Maria Rilke: »Reiten, reiten, reiten – durch den Tag, durch die Nacht, durch den Tag …« Das schlug Adelbert auf die Wirbelsäule.

Der dritte Brief zeigte eine kleine goldene Krone über dem Absender. Das blendete die Augen. Absender: Baroness Julietta von Lendvay, die ihm offenbarte:

»Bin ich ein Flüchtlingskind aus Ungarn. Waren harte Jahre der Gewöhnung an bayerische Dickköpfe. Habe ich nie gefunden, wonach sich der Herz sehnt. Obwohl Ungarin mit sechzig ist wie Deutsche mit vierzig. Lassen Sie von sich hören. Ich halte mein Tür für Sie auf …«

Nun wären wohl den meisten Männern solche Briefe vor Schreck aus den Händen gefallen. Adelbert Fondulski wurde auch ein bisschen blässlich. Doch dann sagte er sich: Adlige sind doch auch nackend auf die Welt gekommen – nur auf besseren Laken. Versuch macht klug.

Sein Gastspiel in den höheren Kreisen dauerte aber nur drei Wochen. Es hätte keine drei Tage gedauert, wenn Adelbert nicht vor dreißig Jahren in der Theatergruppe des Klubhauses der Eisenbahner gelernt hätte, in fremde Häute zu schlüpfen. Seine Glanzrolle war die eines Raubtierdompteurs, dem ein Löwe die linke Hand abgebissen hatte. Das Stück hieß: »Die heiße Katze« und wurde bei den Arbeiterfestspielen in Karl-Marx-Stadt mit einer Bronzemedaille ausgezeichnet, weil die Jury fand, dass auf unterhaltsame Weise verdeutlicht werde, wie der VEB Staatszirkus für den Lebensabend seiner Künstler sorgte, die nicht mehr als fahrendes Volk sich selbst überlassen waren.

Derart geschult, traf Adelbert Fondulski eines Samstags in einem bayerischen Bergdorf auf die Baroness aus Ungarn. Die hatte eine Gästewohnung auf dem Gutshof. Das Gebäude gehörte einst zum Kuhstall, aber der adlige Besitzer hatte herausgefunden, dass sich Touristen besser melken lassen als Kühe. So fand Frau von Lendvay ihr – nicht ganz standesgemäßes – Quartier: Zwei Zimmer, Küche, Bad – wie eine Ferienwohnung in Mecklenburg. Nur dass die Mieterin ein Dirndl anhatte, dessen Schnüre die ausladend einladenden Brüste kaum bändigen konnten.

»Joi, sind Sie schneller da als der Pfeil von Amor, Herr von Dulski!«

Adelbert zeigte auf seinen kleinen Toyota und sagte: »Nichts ist unmöglich!«

Dann zog sie ihn in die Stube, holte den Apfelstrudel aus dem Ofen und stellte eine Schüssel mit Schlagsahne daneben. Und schon hatte Adelbert das Gefühl, dass man auch in Bayern leben könnte, wenn nicht die Berge alle Weitsicht verstellen würden.

Doch als Adelbert dann klarstellte, dass er keinem Adelsgeschlecht entsprungen, sondern einer Verwechselung zum Opfer gefallen war, da meinte die Dame mit einem Seufzer:

»Jesusmaria, schlägt mich der Schicksal! Bin ich schon Opfer von drei Hochstaplern geworden. Aber waren auch schöne Tage dabei. Und in die Gegenwart ist Geldadel doch wichtiger als Hochadel!«

Nun fühlte sich Adelbert bemüßigt klarzustellen, dass ihm die ostdeutsche Durchschnittsrente nicht den Aufstieg zum Geldadel ermöglichte, aber schöne Stunden auf kleineren Bergen habe er doch damit erlebt.

Die Dame fügte sich mit einem erneuten Seufzer in diese begrenzte Aussicht.

Adelbert lernte dann, dass eine Ungarin mit sechzig auch nicht weniger stöhnt als eine Deutsche dieses Alters. Und Julietta von Lendvay wusste fortan, dass hinter dem Stacheldraht der Ost-West-Grenze doch manches Vergissmeinnicht wachsen konnte. Der Briefwechsel dauerte hinterher noch ein paar Monate. Doch Adelberts Toyota und seine dünnen Briefe kamen dann nicht mehr durch den TÜV.

Das hatte aber viel mit jenem blaublütigen Damenkränzchen im Oderbruch zu tun, das Adelbert anschließend aus Neugier und Appetit auf Sahnetorte besuchte. Den Schock seiner Selbstentlarvung als Nichtadliger hatten die Damen schnell vergessen, als er die Nummer mit dem Raubtierdompteur durchspielte. Er hatte drei Tage vorher in »Brehms Tierleben« nachgeschlagen, welche Bestien wo zu Hause waren. Die Damen hörten dann mit offenen Mündern, was sonst nur die Großwildjäger unter ihren Ahnen in den deutschen Kolonien erlebt haben. Wodurch Adelbert immer neue Anknüpfungspunkte fand:

»Weil Sie, Frau von Wolframsdorf, gerade von Ihrem seligen Herrn Großvater aus Tansania erzählten, wie schwer es ist, einem Leoparden zu entkommen … Ich hatte mal einen Stallburschen, der versuchte, einen ausgebrochenen Tiger mit den Augen zu bezwingen. Er setzte einen starren, harten Blick ein und hoffte, das Tier würde winselnd davonlaufen. Tat es aber nicht! Es sah ihn als Gegner im Beuterevier an und fiel über ihn her. Der arme Kerl musste dann von zwei Chirurgen in einer dreistündigen Notoperation wieder zusammengeflickt werden. Er wurde zum Opfer seiner falschen Strategie. Die einzige Chance für ihn wäre gewesen, sich wie tot auf die Erde zu legen. Dann hätte er zwar den heißen Atem der Raubkatze ein paar Sekunden im Genick gespürt, aber besser den Atem als die Zähne, denn: Raubtier bleibt Raubtier!«

»Oh, wie recht Sie doch haben!«, pflichtete ihm die zweite Dame bei. »Ich merke das ja schon bei meinem Hauskater Gregor.«

Frau von Wolframsdorf schüttelte den Kopf und meinte:

»Ich möchte aber den Atem solcher Bestien nicht spüren. Wenn wir nach Kenia fliegen, dann bewegen wir uns nur im Auto durch den Nationalpark. Mir reichen die Affen an den Scheiben. Einer hat mir mal meine Kroko-Handtasche von der Schulter gerissen und beinahe zerfetzt. Die hatte sechshundert Euro gekostet!«

Die dritte Dame war ganz still. Sie hatte die Augen geschlossen. Dann sagte sie leise: »Ich bin Ihnen ja so dankbar, Herr Adelbert! Während Ihrer packenden Schilderung sah ich die ausgestopften Tiere und ausgebreiteten Felle im Billardzimmer meines Herrn Vaters vor mir. Und während mich als Kind all diese toten Wesen immer verschreckt haben, sah ich sie nun als muntere Spielgefährten um mich herumtollen! Ich bin Ihnen ja so dankbar! Was werden Sie uns nächsten Samstag berichten?«

Adelbert zuckte unsicher mit den Schultern. Sollte er erzählen, dass das größte Glück bei einer Tigerjagt ist, wenn man keinem Tiger begegnet?

Dann fragten die Damen: »Wie kommt man überhaupt am sichersten durch den Urwald?«

»Na, als Elefant!«, hätte er sagen müssen. Und schon würde die dritte Dame näher rücken und sagen: »Ich habe gehört, dass wilde Tiere niemals angreifen, wenn man eine brennende Fackel trägt!« Und dann hätte er ihr zugeflüstert: »Es kommt aber darauf an, wie schnell man sie trägt!«

Doch dann fragte die Dame Nr. 3 viel listiger, ob er vielleicht die Trophäensammlung ihres Herrn Vater im benachbarten Anwesen derer von Maltzahns besichtigen möchte? Und da hatte Adelbert das Gefühl, einer leibhaftigen Raubkatze ausgeliefert zu sein. Am anderen Morgen wusste er, dass er sich nicht geirrt hatte.

Wenn es da so munter zuging, warum ging das dann zu Ende? Weil Adelbert Fondulski nicht auf Dauer aus seiner Haut konnte!

Als die ungarische Baroness in ihren Briefen klagte, dass ihre Familie alle Besitzungen verloren hat, fragte Adelbert zurück, ob der Herr Vater alles im Casino verzockt habe?

»Viel schlimmer!«, lautete die Antwort: »Die Russen haben alles vergeschenkt an die Bauern im Dorf. Das hieß dann Landreform.«

Worauf Adelbert zurückschrieb: Das hinge wohl mit der Landreform der Kreuzritter zusammen, die alle Bauern zu Leibeigenen machten. Und wenn das rechtens war, dann war es die Umkehrung auch …

Beim Kaffeekränzchen der vier Damen in der Mark Brandenburg ging es dann noch konkreter zur Sache.

»Wenn Sie schon nicht von Adel sind, Herr Fondulski, warum wollen Sie es denn nicht werden?«, fragte die eine der Hochwohlgeborenen.

»Wie ›werden‹?«, fragte Adelbert ahnungslos.

»Na durch Heirat, Adoption oder gekaufte Papiere. Das machen doch heutzutage alle so.«

»Ich dachte, mit dem Kaiserthron ist 1918 auch der Adelsstand annulliert worden?«

»Das dachte ich auch mal. Aber dann haben doch die Adelsverbände durchgesetzt, dass im Namensrecht Raum bleibt für die Herkunft. Drum gibt es ja bis heute Prinz Frédéric von Anhalt, Diana Herzogin von Württemberg oder seine Durchlaucht Fürst Alfred-Ernst zu Löwenstein-Wertheim. Max von Baden lässt sich sogar noch mit Königliche Hoheit anreden.«

Adelbert fragte entgeistert: »Und das machen die Leute mit?«

»Natürlich. Weil die letzten Königshäuser stets den ersten Sendeplatz im Fernsehen kriegen, bleibt die Sehnsucht nach dem Prunk der Monarchie im Volk erhalten.«

Nun schaltete sich die vierte Dame entrüstet ein: »Schön wär's ja, wenn nicht Leute wie der Consul Weyer für eine halbe Million jedem Dahergelaufenen eine Adoption verschaffen würden. Letztens wurde ein neuadliger Bordellbesitzer im Fernsehen gezeigt. Das war eine ganz fiese Type. Den Adel hat man nicht auf der Visitenkarte, sondern im Geblüt! Das sehen Sie doch an der Fürstin Gloria von Thurn und Taxis! Nein, der wirkliche Adel ist längst im Niedergang.«

Das sah Adelbert aber anders: »Der Freiherr zu Guttenberg reitet doch als Minister immer noch seinen Kreuzzug gegen die Ungläubigen? Und Graf Lambsdorff wurde mit höchsten Ehren beigesetzt. Frau von der Leyen arbeitet als Ministerin im Kabinett. Jeder Sender hat inzwischen ein halbes Dutzend Adlige als Vorzeigegrößen. Und im Haustelefonbuch der Treuhand soll es gar eine halbe Hundertschaft von Adligen gegeben haben!«

Frau von Wolframsdorf winkte ab: »Aber ich bitte Sie! Das hatte doch ganz durchsichtige Gründe. Da ging es doch um die Rückführung der angestammten Besitzungen mit den Jagd- und Lehensrechten. Die konnten doch ihre alten Flurkarten von zu Hause mitbringen. Dann war das ein Federstrich, und zwar ein sehr einträglicher! Obwohl der Fürst von Putbus heute noch um Rügen kämpfen muss. Schrecklich, was da in der Ostzone angerichtet wurde!«

»Ja wirklich!«, rief die zweite Dame aus. »Unser Schloss sah aus als wir vor zehn Jahren hierher zurückkamen! Da hatten sie doch nach dem Krieg die Vertriebenen reingesteckt und nicht mal die Gobelins von den Wänden genommen! Dann wurde das Untergeschoss zum Kindergarten. Und später haben sie ein Altenheim daraus gemacht. Da haben sie an die kostbaren Nussbaum-Täfelungen einfach Geländer angeschraubt. Das sah aus!«

Adelbert fragte mit gespielter Naivität: »Brauchen Sie denn kein Geländer?«

»Wir wohnen da zu viert und sind alle noch sehr rüstig durch eine gesunde Lebensführung. Sofern uns die Renovierungskosten nicht zu Boden werfen. Aber mein Gatte hatte das schon bei der Ausweisung 1950 geahnt: Unrecht Gut gedeihet nicht!«

Adelbert kratzte sich beim Anblick dieses Abgrundes den Kopf und meinte nur noch: »Also ich möchte lieber nicht von Graf Donnersmarc adoptiert werden. Ich hätte auch nicht das Geld für eine aufwendige Schloss-Renovierung.«

Worauf die vierte Dame flötete: »Keine Angst, mein lieber Adelbert! Durch eine Heirat hätten Sie das Namensrecht umsonst. Und für die Renovierung gibt es manche Fördermittel. Ich könnte ihnen einige Türen öffnen.«

Das war vielleicht als Lasso gedacht, um Adelbert einzufangen. Aber auf den wirkte das wie eine tödliche Harpune. Er sah sich schon in Reithosen bei der Fuchsjagd, obwohl sein Rücken beim Galopp auseinanderbrechen würde. Und obschon die Damen anderntags einen Kaminabend geplant hatten, suchte er sein Handgepäck zusammen, denn was ist ein Kaminabend mit »blauen Herbstastern« gegen einen Skatabend mit seinen Nachbarn Gustav und Arthur?

Und so saß er dann zu später Stunde wieder in seiner Berliner Plattenwohnung und sah im Fernsehen die Hitparade der Volksmusik mit Hansi Hinterseer, wo übrigens Freifrau von Hattingen eine Wohltätigkeits-Spende in Empfang nahm. Schade, dass die Kapelle nicht spielte: »Wir wollen unsern alten Kaiser Wilhelm wiederha'm!«

Mit alledem soll natürlich nichts gesagt werden gegen jene Vertreter des Adels, die sich in früheren Jahrhunderten durch klugen Geist und progressives Streben um unser Land verdient gemacht haben. Die hielten mehr vom Denken als vom Dünkel. Aber wenn heutzutage in manchen Gegenden jene winzige Minderheit der Bevölkerung durch Medienpräsenz, Protektion und Geltungsdrang den vielfachen Anteil am öffentlichen Leben beherrscht, dann ist der überlebte Untertanengeist ebenso beteiligt wie das überlieferte Erbrecht und Bildungsprivileg im feudalistischen Ständestaat. Und solche Attribute stehen einer demokratischen Republik nicht so gut zu Gesicht, wie die Groß- und Kleindarsteller dieser Szenerie glauben. Aber wenn das so weitergeht, sind wir in eingen Jahrhunderten alle adelig, und die Nachkommen eines Adelbert Fondulski brauchen keine Verwechslungen mehr zu befürchten.

Das Leckerli

Es passierte in der Passage, genau vor der Apotheke, zwischen 10.15 Uhr und 10.25 Uhr. Die etwas wehleidige und vereinsamte Hertha Kubicek (achtzig) hatte sich mit Hund (acht) auf den Weg gemacht, um im Pillenshop Johanniskrautkapseln zur Aufhellung ihres Gemütes zu kaufen. Ihren Hund »Bruno« aus der Familie der »Golden Retriever«, bekannt durch Film, Bühne und Fernsehen, hatte sie mit der Leine an einen Fahrradständer gebunden, während sie drinnen mit der Apothekerin über die richtige Dosierung der »Sonnenschein-Droge« debattierte. Doch als sie dann wieder vor die Tür kam, war Bruno weg. Kein Rufen, kein Pfeifen, kein Locken, kein Schimpfen half. Der Hund war verschwunden.

Sie befragte alle Leute ringsum, aber keiner in der Passage hatte etwas gesehen. Wie auch? Manche Hunde trompeten ja gleich zum Angriff, wenn ein Fremder naht. Aber »Golden Retriever« sind keine Schutz- oder Kampfhunde, wie sie alle jene halten, die selber zu feige sind, andere Leute zu beißen. Im Gegenteil: wenn dieses gold-ocker-farbene Zotteltier einem Einbrecher begegnet, dann führt es ihn lautlos zum Kühlschrank. Und wenn es dafür gescholten wird, kauert es sich unter den Couchtisch, legt den Kopf zwischen die Vorderpfoten und sendet einen so demütigen Blick unter seinen Augenlidern hervor, dass Herrchen oder Frauchen sogleich das Mitleid packt.

Die alte Frau Kubicek gab immer zwei Ratschläge weiter: Hunde sind der beste Freund des Menschen! Und wer sich einen Hund zulegt, der darf bei Rasse und Stammbaum nicht knauserig sein. Soviel zu Hertha Kubicek und ihrem Bruno. Nun zu den Ermittlungen, die sich anschlossen.

Was Hertha Kubicek bei ihrem Einkauf in der Apotheke nicht sehen konnte, war, dass draußen die kleine Franziska vorbeiging, die im gleichen Hochhaus wohnte, den Hund deshalb kannte und ihre Gummibärchen mit ihm teilte. Und als das Mädel dann weiterzog, lief der Hund einfach hinterher, denn Franziskas Leckerli war offenbar stärker als Brunos Halsband. Der Franzi war die Begleitung recht. Sie opferte weitere Gummibärchen dafür. Aber im Hausflur sagte sie so energisch, wie nur fünfjährige Mädchen das können: »Sitz!«, und schon hockte Bruno auf den Hinterpfoten und wartete.

Drei Minuten später kam Gustav Güdokeit zu seinem Morgenspaziergang herunter, öffnete die Haustür, und schon huschte Bruno mit ihm ins Freie.

»Na, scheen«, sagte Gustav, »wennste ooch so alleene bist, jehste eben mit.«

Der Hund ging übrigens nur mit, weil Gustav auf Kürbiskernen herumknabberte, die er in der Tasche hatte. Und wann kriegen Hunde schon einmal Kürbiskerne zugesteckt?

Als Gustav mit Bruno zu Füßen auf der Parkbank saß, kam Arthur der Engel vorbei.

»Bist du auf den Hund gekommen?«

»Sind wir doch alle!«

»Wem gehört der denn?«

»Weiß ich nich. Hier loofen doch sechse von der Sorte rum.«

»Hat der denn keine Kennung am Hals?«

»Der hat doch keen Halsband nich. Das is vielleicht abjerissen.«

»Und nun?«

»Und nun muss ich weiter zum Kiosk, deshalb wär's schön, wenn du die Töle wieder mit ins Haus nimmst.«

In dem Moment kam ein Streifengänger vom Ordnungsamt durch den Park. Der blieb beim Hund und den beiden Alten stehen:

»Sie wissen doch, dass im Park Leinenzwang für den Hund besteht? Der darf nämlich nicht auf die Liegewiese da drüben, um seine Grußbotschaften zu verteilen!«

Gustav knurrte: »Den können Se ruhig festnehmen. Der jehört uns nich. Man weeß ooch nich, ob der überhaupt jemandem jehört.«

»Das werden wir gleich haben«, sagte der Uniformierte. »Jetzt ist ja die Chippflicht für Hunde eingeführt. Da sehen wir mal mit dem Scanner nach, wo der herkommt.«

Der Mann holte ein Gerät aus der Tasche, streifte damit über den Leib des Hundes und rief dann: »Aha! Der Herr Retriever hat Migrationshintergrund, der kommt aus Polen. Dann ist es womöglich ein Mischling aus zweifelhafter Aufzucht!«

Diese Logik erboste Gustav Güdokeit: »Müssen die Hunde nu ooch schon rein germanisch sein?«

»Das nicht, aber ein Drittel aller Hunde, die wir einfangen lassen, sind Mischlinge. Davon kommen fünfundzwanzig Prozent aus Osteuropa. Oft lässt sich der Züchter nicht ermitteln. Die Tierärzte schimpfen nur über die Haltungsschäden in der Hüfte oder Schulter, die sich durch Inzucht häufen. Aber die Kundschaft zahlt dann zweitausend Euro für einen Welpen mit gefälschtem Stammbaum. Ich lasse Ihnen mal unsere Nummer da, falls der Hund hier weiter rumstreunt. Schönen Tag noch!«

Gustav knurrte: »Wo jibt's noch schöne Tage in dieser Welt? Oder hast du jewusst, Arthur, dass die Marktwirtschaft auch schon die Hundehütten erobert hat?«

Arthur schüttelte den Kopf, stand auf und ging. Er war kein Hundefreund, aber Diabetiker. Und als solcher hat er immer eine Salami-Semmel in der Tasche, falls ihn der »kleine Hunger« überfiel. Die Wurst war nicht zu sehen, aber zu riechen. Und so musste Arthur nicht lange reden, um den Hund in das Haus, in den Fahrstuhl und bis vor seine Wohnungstür mitzuschleppen. Aber da sagte er dann, was kein Hundefreund sagen würde: »Aus, Schluss, geh nach Hause!«

Doch als es dunkel wurde, saß der Hund immer noch vor Arthurs Tür. Worauf Arthur seinen Vorrat an Salami überprüfte und den Hund in seinen Flur kommen ließ, wo er sich nach mehreren Aufforderungen in einer Ecke niederließ und erst im Morgengrauen zu winseln anfing, bis Arthur mit ihm runterging zum Morgengruß an einen durstigen Baum. Weil der Hund aber gleich wieder an Salami dachte, kam er erneut mit Arthur hoch, in die zweite von fünfzehn Etagen.

Hertha Kubicek hatte in dieser Nacht in der vierzehnten Etage kein Auge zugekriegt. Sie bastelte an einem Aushang: »Bruno ist weggelaufen! Wer hat ihn gesehen? Der Hund ist gelbbraun und ein ganz liebes Rasse-Tier vom Stamm der Retriever. Telefonische Hinweise werden belohnt. Nummer: sowieso.«

Mit drei solcher Zettel und Klebeband ging sie dann hinunter, um einen an der Haustür und zwei an den Bäumen im Park zu befestigen. Unterwegs sprach sie eine andere Hundedame an: »Ist Ihnen mein Bruno begegnet?«

Die Frau verneinte. »Hat er kein Halsband mit Adresse?«

»Das hing als letzter Gruß bei der Apotheke am Fahrradständer.«

»Wie lange ist er denn schon abgängig?«

»Bruno ist nicht ›abgängig‹, sondern anhänglich. Aber seit gestern Vormittag ist er weg.«

»Na, dann kommt er bestimmt bald angelaufen.«

»Und wenn nicht?«

»Ja, dann müssen Sie mal im Tierheim nachfragen.«

Herta Kubicek ging zurück in ihre Wohnung, suchte die Nummer vom nächsten Tierheim und fragte an, ob Bruno dort Asyl gefunden hätte.

Die Dame am Telefon reagierte überaus professionell: »Es geht also um eine Verlustanzeige. Da brauche ich Rasse, Farbe und Name, Hofhund, Blindenhund oder Therapiehund, wann, wo und wie verschwunden. Alter, Charakter und besondere Kennzeichen, den Halter, den Stammbaum und die Registriernummer. Haben Sie das?«

»Aber ich bitte Sie! Ich will doch nur wissen, ob mein goldgelber Bruno gestern bei Ihnen abgegeben wurde?«

»Hören Sie, verehrte Dame, in Deutschland gibt es fünf Millionen registrierte Hunde und mindestens drei Millionen nichtregistrierte. Wenn Ihr Bruno ein Retriever ist, dann gibt es von diesen Superstars rund 800 000. Die Zahl der Entlaufenen liegt bei 250 jährlich. Die Ausgesetzten sind kaum weniger. Manche werden einfach geklaut, weil sie Geld bringen.«

»Bruno bringt kein Geld, nur die Zeitung! Das ist ein ganz lieber Rassehund.«

»Gewiss doch, aber er hat doch Kosten verursacht: Ich schätze mal – tausend Euro für den Welpen, zweihundert für den Tierarzt, dreihundert für die Ausstattung mit Fressnapf, Schlafkorb und Leine, vierhundert für die Hundeschule und acht Euro pro Tag fürs Fressen. Da haben Sie doch bestimmt schon 20 000 Euro investiert? Hunde sind ein Wirtschaftsfaktor von fünf Milliarden im Jahr!«

»Mein Gott, wie sich das anhört: Ein Wirtschaftsfaktor!«

»Ich könnte auch sagen: Der Hund ist eine juristische Person, wenn Ihnen das lieber ist. Wir haben nämlich ein Tierschutzgesetz. Da ist nach § 3 verboten, ein Tier auszusetzen oder sich der Betreuungspflicht zu entziehen. Wer dem Tier – auch durch unterlassene Aufsichtspflicht – erhebliche Schmerzen oder Schäden zufügt, kann nach § 17, Absatz 2 mit einer Freiheits- oder Geldstrafe belangt werden!«

An dieser Stelle legte Hertha Kubicek mit zitternder Hand den Hörer auf. Sie nahm eine Beruhigungstablette, zog ihre Jacke über, steckte eine Handvoll der teuersten Leckerli ein und ging erneut hinunter in den Park, um Bruno zu suchen. Von Bruno war nichts zu sehen, nur von Gustav Güdokeit.

»Verzeihung, haben Sie vielleicht meinen Hund gesehen?«

»Is das so'n jelber Wischmopp?«

»Mein Bruno ist ein Golden Retriever von stattlicher Größe und ganz lieb.«

Gustav schüttelte den Kopf: »Ich will Ihnen mal was sagen: so'n Hund jehört einfach nich ins Hochhaus. Der braucht 'n Jarten zum Rumtoben, 'ne Meute zum Spielen und 'n Wald zum Wandern. Denn looft er ooch nich weg. Alles andere ist Tierquälerei!«

»Mäßigen Sie sich! Ich bin kein Tierquäler. Bruno hat bei mir alles, was er braucht.«

»Und warum isser davonjelaufen?«

»Vielleicht wurde er gestohlen? Wer weiß, was man ihm antut? Jetzt gibt es doch so viele asiatische Küchen in der Gegend!«

»Nich doch! In Deutschland wird ja für den Tierschutz mehr jetan als für den Kinderschutz! Jestern lief hier een herrenloser Hund rum, das war aber een Mischling aus Polen! Da hat sich denn mein Freund Arthur erbarmt, obwohl der keen Hundefreund is.«

»Dann war das womöglich mein Hund? Aber meiner ist ja ein teurer Rassehund! Wo wohnt denn dieser Arthur?«

»Jeh'n Se mal inne zweite Etage und klingeln Se bei Arthur Anders. Wenn der die Nacht überlebt hat.«

»Mein Hund tut keinem Menschen was. Das ist ein ganz Lieber! Aber der kann es ja auch gar nicht sein, nachdem, was Sie sagen. Na, ick guck trotzdem mal nach.«

Hertha Kubicek eilte los, klingelte bei Arthur, der öffnete, aber da war kein Bruno mehr!

»Ich bin Frau Kubicek aus der Vierzehnten. Wie ich hörte, haben Sie einen Hund aufgegriffen?«

»Sagen wir mal so: Der Hund hat mich aufgegriffen!«

»Und wo ist er nun?«

Arthur hob beide Hände: »Liebe Frau, ich hatte hier in der Tat eine Einquartierung. Aber in der Hoffnung, dass der Hund sein Frauchen oder Herrchen findet, habe ich den heute Morgen wieder vor die Tür gesetzt. Nun weiß ich auch nicht, wo er geblieben ist.«

»Wie kann man nur so hartherzig sein?«

»Na hören Sie mal, da kam unten im Park ein Mann

vom Ordnungsamt vorbei, der stellte sofort fest, dass der Hund eine Art illegaler Einwanderer ist, wahrscheinlich mit gefälschtem Stammbaum! Soll ich dem nun eine goldene Hütte bauen?«

»Dann war das auch nicht mein Bruno. Der ist ein ganz edles Tier!«

»Ja klar, das sind wir doch alle. Und wie ich hörte, sind die Mischlinge besonders lieb und talentiert. Ich verstehe auch gar nicht, warum sich Leute so darüber streiten, ob man unter einer Käseglocke glücklicher ist als auf einem Karussell! Würden Sie denn Ihren Bruno nicht mehr lieben, wenn er auf einem Hinterhof in Krakau geboren wäre?«

»Was für eine unsensible Frage!«

»Na also, man liebt doch das Lebewesen und nicht die Geburtsurkunde. Sonst ist es auch keine Liebe.«

»Aber wo soll ich denn nun den Hund suchen?«

»Na, wenn der, der bei mir Asyl hatte, keinen Fahrstuhl ranholen kann, dann müsste er ja noch auf dieser Etage sein?«

»Ach, mein Bruno läuft doch für ein Leckerli jedem nach, auch in den Fahrstuhl.«

In diesem Moment kam der Bote vom »Essen auf Rädern« aus der Wohnung der bettlägerigen Frau Hempel. Hertha Kubicek ging ihm entgegen und fragte: »Haben Sie vielleicht einen Hund gesehen?«

Der Mann nickte: »Wenn er gelb-braun ist und einen Schwanz wie ein Fuchs hat, dann arbeitet er im Moment als Therapeut am Bett der Frau Hempel.«

»Wie kommt er denn da hin?«

»Ich habe der Frau ihr Essen gebracht, und da hing mir der Hund an den Beinen. Wir haben nämlich eine Küche für Feinschmecker! Nun hockt er am Bett der Frau Hempel. Die kann aber nicht aufmachen. Da muss ich mitkommen!«

Als Hertha Kubicek dann am Bett der Frau Hempel stand und sah, wie ihr Bruno die Hand der fremden Frau abschleckte, so dass die sich vor Kichern im Bett verbog, da hatte sie nur eine Frage auf den Lippen: »Mit welchem Leckerli haben Sie denn das geschafft?«

Frau Hempel griff nach ihrer Sprühdose mit Schlagsahne, spritzte ein Sahnehäubchen in ihre Hand und verfolgte mit schallendem Gelächter, wie Bruno alles aufleckte. »Ich bin ja so kitzlig!«, rief sie. »Aber die Ärztin meint ja, ich soll mich mehr bewegen. Ist das Ihrer? Das ist ja ein ganz Lieber!«

»Sage ich doch immer!«, bestätigte Hertha Kubicek. »Ich kann ihn ja noch eine Stunde hier lassen. Aber nur, wenn er keine Schlagsahne mehr bekommt, sonst bin ich zum zweiten Mal verwitwet. Schlimm genug, dass ich vielleicht mit einem illegalen Einwanderer zusammenlebe. Aber zum Glück ist das ein ganz Lieber!«

Die Scheunenparty

Olav Grimm (18) kann seinen FIAT Punto (12) nicht starten. Er hat die Motorhaube hochgeklappt und schaut ratlos auf die Innereien des Vehikels. Arthur der Engel (73) kommt vorbei und denkt: Ich habe dienstfrei! Aber Engel haben immer Dienst – oder sie sind keine. Deshalb geht er zurück und fragt: »Will er nicht?«

Olav flucht: »Immer, wenn ich die Karre brauche, streikt sie.«

Arthur steckt seinen Kopf unter die Haube: »Ich bin ja kein Automechaniker. Aber wenn man 50 Jahre hinter dem Steuer sitzt, hat man alle Pannen durch. Wie viel hat denn der Wagen runter?«

»Über 120 000 Kilometer.«

»Dann ist das also sein zweites Leben. Setz dich mal rein und starte!«

Olav steigt ein, dreht den Zündschlüssel, was der Wagen mit krächzenden Geräuschen beantwortet.

Arthur schätzt: »Das könnte der Anlasser sein. Da musst du die Pannenhilfe rufen und die technischen Daten aus dem Fahrzeugbrief durchsagen.«

Olav flucht wieder: »Dazu reicht die Zeit jetzt nicht. Ich muss weg!«

»Die Fahrt kannst du vergessen.«

»Kann ich eben nicht.«

»Was liegt denn an?«

»Na, die Scheunenparty.«

»Was ist das denn – Bauer sucht Frau?«

»Nee nee, das ist 'ne Party einmal im Monat, nebenan in Malchow. Da machen sie Disco in der alten LPG-Scheune. Ist eine angesagte Location!«

»Na ja, das findet auch ohne dich statt.«

»Klar, aber nicht ohne Sandra. Die wohnt nämlich da.«

»Aha, und das ist die Dame deines Herzens?«

»Weiß ich noch nicht, aber könnte schon sein – wenn sich kein anderer ranschmeißt.«

»Hm. Das klingt gefährlich! Ich hatte mal solch einen Fall, gleich nach dem Krieg … Wann musst du denn da sein, um das Schlimmste zu verhindern?«

»Na spätestens in 'ner Stunde.«

»Also gut, ich fahre dich da hin. Ich habe noch nie eine Scheunenparty erlebt. Gibt es da was zu essen?«

»Currywurst mit Pommes und Majo.«

»Na denn los, Haube runter, Schlüssel raus, Auto zu. Ich stehe da drüben!«

Als Olav in Arthurs Auto steigt, rät der: »Ruf deine Sandra an und sag, dass du unterwegs bist.«

Olav murmelt betreten: »Geht nicht. Ich hab kein Geld mehr auf'm Handy.«

»Dann nimm meins«, sagt Arthur, reicht das Gerät rüber und fährt los.

Olav gibt das Handy zurück: »Ist vielleicht besser, wenn ich sie überrasche?«

»Wie du meinst. Es gibt aber auch böse Überraschungen! Ich hatte mal solch einen Fall …«

»Sie hatten wohl viele Fälle?«

»Nun ja, insgesamt drei oder vier, denen ich nachtrauere.«

»Ich denke, die Alten waren treu wie die Kraniche?«

»Stimmt ja auch. Im Prinzip. Wir sind mit Mehlsuppe groß geworden, das wirkt wie Kleister. Die Babypille gab's noch nicht. Da traute man sich nicht, wie ein Schmetterling von Blüte zu Blüte zu tanzen.«

Olav nickt verständnisvoll, aber sagt leise: »Ätzend!«

Arthur fragt: »Wieso denn, du rennst doch deiner Sandra auch hinterher?«

»Die ist ja auch in Ordnung.«

»Und was heißt das heutzutage?«

»Die hat sich mit 52 Bewerbungen Arbeit verschafft. Die zickt nicht rum und geht auch mal mit zum Fußball. Sie will noch studieren …«

»Was denn?«

»Irgendwas mit Medien.«

»Genauer geht's heutzutage nicht?«

»Na erst mal sehen, wo sie ein Praktikum machen kann, welche Uni sie nimmt, ob sie Bafög kriegt, was das Zimmer kostet, wie dann die Einsatz-Chancen sind. Mein Kumpel hat das durch und ist nun als studierter Web-Designer zum Taxifahrer geworden.«

»Ja, wir sind ein reiches Land, reich an Talenten und reich an Kaputtmachern.«

»Der lässt sich aber auch hängen! Man muss schon auf die Kacke hauen, sonst wird man untergebuttert.«

»Stimmt! So, nun sag mal, wir sind in Malchow …«

Olav dirigiert: »Hauptstraße durch bis Ortsausgang. An der Tanke links rein, dann hören wir schon das Gewummer.«

Das Gewummer war unüberhörbar. Der Einlassdienst war unüberwindbar. Der kahlköpfige Arthur war unübersehbar. Er flüsterte aber nur »Ordnungsamt!«, und schon war er drinnen. Dort empfing beide ein undurchdringliches Gewusel.

Arthur fragt Olav: »Hast du sie schon entdeckt?«

»Na klar. Die macht da gerade mit dem Jens rum.«

»Welche ist es denn?«

»Rechts am Tresen. Die mit dem roten T-Shirt. Hat sie von mir. Jetzt ist der mit seinen Pfoten da dran! Können wir wieder umkehren?«

»Na na, wer wird denn gleich kapitulieren? Du hast doch gesagt: Man muss auf die Kacke hauen, sonst wird man untergebuttert! Jetzt feuerst du erst mal eine SMS rüber, los!: ›sehe alles! … fiese Type der Jens … verlange Desinfektion des T-Shirts!‹«

Olav schreibt, das Gerät sendet, Sandra wühlt in der Handtasche, findet schließlich das Telefon, drückt auf die Tasten, liest, grinst und guckt dann erschrocken in die Runde.

Arthur jubelt: »Volltreffer!«

Olav fragt: »Soll ich rübergehen?«

Arthur bremst: »Kommt nicht infrage, sie muss dich suchen!«

»Aber müssen Sie nicht nach Hause? Das läuft hier bis morgen früh!«

»Bin ich für dich ein Pflegefall?«

»Nein nein, ich weiß schon: Die Alten werden immer jünger – mit 40 das letzte Kind, mit 60 der erste Tauchlehrgang und mit 80 ein neues Hüftgelenk.«

»Das nützt mir aber wenig, wenn mein Jahrgang hier nicht reinkommt. Oder wurde hier schon mal eine Dame 60plus gesehen?«

Olav schüttelt den Kopf: »Nur in der Küche hinten. Achtung: Die Sandra geht jetzt nach draußen! Und Jens steigt hinterher! Da läuft doch was?«

»Jetzt läuft deine nächste SMS, los, mach schon: ›Der Gesundheitsminister warnt: Nie ohne Kondom!‹ Ende. Senden!«

Sandra greift in ihre Tasche, liest, tippt mit dem Finger an die Stirn und geht raus. Olav guckt Arthur mit großen Augen an: »Und nun?«

Arthur fragt: »Ist ihre beste Freundin auch hier? … Wo? … Die Schwarzhaarige mit den roten Strähnen? … Ran! Anbaggern, abschleppen, raus vor die Tür und Sichtkontakt mit Sandra aufnehmen! Und dann wird Knutschen mit Knutschen vergolten.«

»Die Sandra kratzt uns doch die Augen aus!«

»Soll sie doch! Nichts ist süßer als die anschließende Versöhnung.«

»Und wenn nicht?«

»Dann hat es nicht gelohnt, Junge. Dann lässt sie sich auch beim Studium durchreichen. Ich hatte mal einen Fall … ach Quatsch! Das waren andere Zeiten. Wenn die Liebe tiefe Wurzeln schlägt, kann ihr kein Windstoß was anhaben. Ich hau ab. Wie kommst du nach Hause?«

»Mit dem Bus.«

»Wenn sie dann mitfährt, weil dem Jens die Nase blutet, sag ihr doch, dass du euren Kindern später nichts von dem Ausrutscher auf der Scheunenparty erzählen wirst.«

Olav lacht: »Danke!«

Ein Duo ist kein Trio

Weil Adelbert Fondulski tagelang unterwegs war, um jene Damen zu testen, die auf seine Kontaktanzeige geantwortet haben, blieb für seine Kumpel Gustav und Arthur um so mehr im Hochhaus an der Parkaue zu tun, um die kleinen und größeren Wünsche einiger Mitbewohner zu erfüllen. Hinzu kam die Angst vieler Nachbarn vor einem eventuellen Wechsel der Hausbesitzer, deren Ansichten und Absichten nicht bekannt waren. Außerdem hatte Adelbert Fondulski die Freunde vor seiner Abreise noch darum gebeten, den nächsten Artikel für die Rubrik »Denkwürdiges« im *Wochenblatt* allein zu entwerfen und bei der Redaktion abzugeben. Und so wurde dann deren gemeinsames Mittagsmahl am Sonntag ein richtiges »Arbeitsessen« für Gustav und Arthur.

Arthur wollte als turnusmäßiger Gastgeber ein richtiges Menü mit Vorspeise, Hauptgang und Dessert zusammenstellen. Doch dann war ihm die Pilzsuppe angebrannt und der Pudding zerflossen, so dass er schnell zwei Päckchen Lasagne aus der Tiefkühltruhe in die Mikrowelle schob. Gustav lobte Arthurs Genügsamkeit, weil sie dadurch mehr Zeit für die Besprechung aller offenen Fragen hätten.

Als sie den Tisch abräumten, fragte Arthur: »Was haben wir denn alles zu bereden?«

Gustav holte tief Luft und sagte:

»Punkt eins, ich hab mir an deiner italienischen Pampe das Maul verbrannt. Mach nächstes Mal lieber wieder Bratkartoffeln mit Spiegelei. Punkt zwei, hat der Adelbert dir erzählt, was für Weiber auf seine Annonce anjebissen haben?«

Arthur zuckte die Schultern: »Nö. Hoffentlich ist eine dabei, die öfter mal für uns kocht.«

Gustav zweifelte: »Weiber und Katzen machen nur das, was sie wollen.«

Arthur sah das anders: »Wenn sie aus dem Osten kommen, stimmt das wohl. Aber drüben haben sie noch parieren gelernt! Die dürfen doch erst seit 1979 alleine entscheiden, ob sie arbeiten gehen. Seitdem verlernen sie da auch das Kochen.«

Gustav argwöhnt: »Man weiß ja nich, ob diese West-Ladys janz andere Tricks druffhaben – uff eenmal kommt Adelbert nich mehr zurück?«

»Quatsch, der ist doch erwachsen.«

»Das bin ich ooch. Aber es jibt Momente, wo der Kopp ›Nein‹ sagt, aber der Körper, der schreit ›Ja!‹.«

»So so, und was machst du dann?«

»Na, weil der Kopp der Klügere is, musser eben nachjeben!«

»Du und deine Gewissensqualen! Mich quält viel mehr, wie wir rauskriegen, was mit dem Haus hier passiert und was für ein Krake der Investor ist.«

»Da hat mir der Lars vom ›Computer-Trio‹ letztens einen Zettel gegeben, dass der Kerl wegen Steuerhinterziehung einen Prozess am Hintern hatte. Die kriegen doch alles raus, wenn sie ihre Maus durch das Netz flitzen lassen!«

»Na, fein. Dann sollen sie mal dranbleiben. Und wir kommen zu Punkt vier: Ich habe was uffjeschrieben für Adelberts ›Denkwürdiges‹. Horche mal druff:

Umverteilung

Nach einer Studie des Instituts für Wirtschaftsforschung besitzen zehn Prozent der Deutschen sechzig Prozent des Gesamtvermögens. Daher fordern die Linken eine Vermögenssteuer, die aber von den Rechten als ›Neidsteuer‹ abgelehnt wird.

Unter Kohl lag die Spitzensteuer bei dreiundfünzig Prozent. Dann senkte sie Kanzler Schröder auf zweiundvierzig Prozent ab. Weil dann Pfiffe von unten kamen, erhöhte er die Einkommenssteuer um drei Prozent. Weil das aber Pfiffe von oben brachte, senkte er die Erbschaftssteuer.

Steuern eintreiben ist offenbar die Kunst, die Gänse so zu rupfen, dass sie möglichst wenig zischen. Doch nun zischte der Schraubenkönig Würth, dessen Privatvermögen auf fünf Milliarden Euro geschätzt wird, dass solche ›Knebelung der Leistungsträger auf geradem Weg zum DDR-Sozialismus‹ führe.

Was wohl beweist, dass bei dem Mann eine Schraube locker ist, denn in der DDR wurden jene als Leistungsträger geschätzt, die die Kühe gefüttert und gemolken haben, und nicht jene, die hinterher nur die Sahne abschöpften.«

Arthur kratzte sich den Kopf, als er das gehört hatte und fragte: »Was willst du denn da als Namen runterschreiben?«

»Na, ›Kahlkopf‹. Steht doch bei Adelbert ooch immer drunter.«

»Ja, ja, aber der würde doch nie einen solchen Text schreiben.«

»Warum denn nicht?«

»Weil er zwar wie die Roten denkt, aber die Gelben wählt.«

»Der wählt Gelb?! Woher weißt du das?«

»Hat er mir selber gesagt.«

»Und warum? Hat er das ooch jesagt?«

»Weil die Radikalisierung des Kapitalismus der kürzeste Weg zum Sozialismus ist, hat er gesagt. Wenn die gierigsten Bosse und Banken pleite gehen, muss man sie dichtmachen und nicht mit Staatsknete retten. Wenn die Oberschicht mehr Geld will, muss man es ihr in den Rachen schieben, bis sie platzen. Wenn dann das verzweifelte Volk die ganze Bande zum Teufel jagt, dann müssen die Linken nicht mehr so viel agitieren. So ungefähr hat er mir das erklärt. Ist doch was dran?«

»Verstehe, die Verelendungstheorie! Hätt' mich ooch jewundert, wenn der Adelbert für'n Kapitalismus wäre. Aber ob das funktioniert? Ich weiß nich!«

»Hat doch 1918 bei der Novemberrevolution auch funktioniert?«

»Na, sagen wir mal, ein paar Wochen lang. Aber heute

rennt keiner mit dem leeren Kochtopf auf die Straße. Da fahren sie mit dem Citroen zum Sozialamt.«

»Sehe ich ja auch so. Deshalb solltest du den Text ein bisschen entschärfen, oder du musst ›Karl Marx‹ drunter schreiben. Jedenfalls würde mich nicht wundern, wenn die Redaktion rülpst.«

»Na, wir werden ja sehen. Ich habe nur amtliche Zahlen genannt. Und zwei plus zwei – das macht eben vier.«

»Falsch, Gustav, denn die BILD-Zeitung sagt: ›Fünf!‹ Und die lesen Millionen! Und wenn die das Tag für Tag wiederholen, dann glauben es am Ende alle.«

»Außer uns!«

»Ja gut, außer uns. Deshalb sind wir die Doofen. Komm, wir müssen noch abwaschen!«

»Wieso ich? Du weißt, das kann ich auf'n Tod nich leiden – mit die Hände in die fettige Brühe rumpantschen! Da kommt mir das Essen gleich wieder hoch. Ich jeh derweile zur Zeitung und steck das Artikelchen in den Briefkasten. Denn is das erledigt.«

So ist es dann geschehen, aber so war es nicht erledigt, denn als Adelbert Fondulski von seiner Brautschau zurückkehrte, da lag ein Schreiben der Redaktion in seinem Briefkasten:

> »*Sehr verehrter Herr Fondulski,*
> *das* Wochenblatt *möchte sich bei Ihnen für Ihre jahrelange treue Mitarbeit bedanken und mitteilen, dass unser Blatt von einem größeren Verlag*

übernommen wurde. Damit sind Veränderungen im Profil und Vertrieb verbunden. So entfällt auch die Rubrik ›Denkwürdiges‹, für die Sie viele interessante Beiträge geliefert haben. Leider ist Ihre letzte Einsendung über die ungerechte Vermögensverteilung diesem Strukturwandel zum Opfer gefallen.
Wir überweisen Ihnen dafür ein Ausfallhonorar und hoffen, dass Sie andere Abnehmer mit anderen Zielgruppen dafür finden.
Mit freundlichen Grüßen …«

Diese Aufkündigung wurmte Adelbert sehr. Noch mehr wurmte ihn dann der Text des Artikels, den er bei Gustav nachlesen konnte.

»Musst du denn immer mit der Weltrevolution drohen?«, schimpfte er.

»Wieso denn – hab *ich* die Finanzkrise anjezettelt oder die Banken?«

»Aber die Leser des *Wochenblattes* waren es auch nicht!«

»Jewiss nich. Dieses Käseblatt mit seine Inseraten-Plantagen hat doch bloß zwee Ziele: Der Bauch muss voll und der Kopp muss leer sein.«

»Ich habe immerhin versucht, ein kleines Licht in den Köpfen anzuzünden.«

»Ja und – nu haben sie's ausjepustet!«

»Weil du mit deiner Fackel das ganze Haus angesteckt hast!«

»Nich doch. Die sind doch jut versichert. Aber du warst ihnen vielleicht schon zu helle?«

»Glaubst du wirklich?«

»Kann doch sein. Ooch inne Freiheit darf man nie anne Leine zerren!«

»*Du* hast doch gezerrt! Aber auf diese Weise hab ich nun Zeit für den Briefwechsel mit meinen neuen Bekanntschaften.«

Gustav ging in sich und zeigte Reue: »Na, schön. Vielleicht ziehste nach deine erfolgreiche Brautschau sowieso bald aus hier?«

»Ich war nicht auf Brautschau. Und erfolgreich war ich auch nicht, oder nur punktuell.«

»Wie das – mehr inne Küche als im Schlafzimmer?«

»So ungefähr. Aber ich habe von einer Dame aus Ungarn ein Rezept für Szegediner Gulasch mitgebracht. Das könnt ihr nächsten Sonntag bei mir essen. Ich muss bloß sehen, ob ich den scharfen Paprika kriege. Den Süßen aus unserer Markthalle, den lehnen die Damen in Ungarn ab.«

»Wieso das denn?«

»Na, weil sie die Herren in Flammen setzen möchten!«

»Aha, und wie setzen wir die Damen in Flammen? Ich meine, ich wüsste da schon was …«

»Was denn?«

»Die zeigten da neulich im Fernsehen so'n Überraschungsgast zum Anmieten. Denn klingelt's … een Polizist steht vor de Tür … der meckert über Lärm …

die sagen: ›Mach doch mit!‹ … uff eenmal zieht der sich nakich aus! Da brennt denn die Luft!«

»Verstehe, du willst also die Sau rauslassen? Nicht mit mir! Aber einen Überraschungsgast hätte ich trotzdem.«

»Ne Polizistin?«

»Einen Rechtsanwalt. Ich habe einen gefunden, der den Vertrag für unsere Selbstverwaltung entwirft. Der wohnt im Nachbarhaus.«

»Meinste etwa Doktor Dabendorf?«

»Genau, der war Spezialist für Vertragsrecht.«

»Ja schön, aber nu isser Rentner. Und so sieht er ooch aus.«

»Seit wann geht es nach dem Aussehen?«

»Seit 1990! Haste was, denn biste was! Aber der looft hier mit seinem zujewürgten Anorak rum, dieweil die importierten Advokaten mit 'nem offenen Lodenmantel wedeln. Der wickelt sein Wollschal um den Hals, statt 'ne Seidenkrawatte. Der fährt mit der U-Bahn zur Wohnungsgesellschaft, aber die stehen doch erscht stramm, wenn da een Porsche vorfährt! So haben die doch keenen Respekt nich.«

»Wenn die seinen Vertragsentwurf lesen, vielleicht doch?«

»Na, meinetwegen. Aber ich red von 'ne jungsche Frau als Überraschung, und du kommst mit 'n alten Kerl. Keen Wunder, wennste als Brautwerber uffe Fresse fällst.«

Die Schatzgräber

Es gibt Tage, da gelingt alles – aber auch Tage, wo alles schief läuft. Und wehe, wenn man dann kein Netz aus starken Fäden hat, das einen auffängt!

Der junge Lars Lüders, der als Computer-Doktor sein Brot verdiente, hatte im Internet Ersatzteile ersteigert, aber die Lieferung blieb aus. Heute erfuhr er, dass er einem Betrüger aufgesessen ist. Das Geld war weg, die Teile fehlten.

Im Fahrstuhl traf er auf Gustav Güdokeit. Der wollte vom Computer-Trio endlich hören, welcher Makler mit welchen Tricks sein Lasso um ihr Hochhaus warf. Aber Lars hatte kein Ohr dafür: »Kümmert euch doch selber um den Gauner. Ich habe im Moment mit meinem zu tun.«

Gustav musste mit seinem Auto in die Werkstatt. Der Meister guckte, horchte, seufzte und sagte: »Also, wenn das ein Pferd wäre, würde ich sagen: erschießen!«

Vor dem Haus traf Gustav die kleine Franziska, die Tochter der Nachbarin.

»Was stehst du denn hier rum?«

»Lydia ist nicht da.«

»Wer ist Lydia?«

»Na, meine beste Freundin. Wir wollten spielen.«

»Dann gehen wir beide erst mal ein Stück spazieren. Vielleicht ist sie dann da?«

Gustav nahm das Mädel an die Hand und ging mit ihr über die Straße, wo in der Mitte von Berlin-Mitte eine Baustelle war. Die Bagger gruben ihr stählernes Gebiss tief in das Erdreich. Franziska fragte:

»Was suchen die Onkels hier?«

»So viel ich jehört habe, die Wiege von Berlin.«

»Und wer hat die hier verbuddelt?«

»Der Lauf der Zeit.«

Wie sollte er dem Mädchen erklären, dass die Hauptstadt vor achthundert Jahren nur aus zwei Dörfern bestanden hatte? Die hatten je eine Kirche. Am Ostufer der Spree war das die Nikolai-Kirche. Am Cöllnischen Westufer die Petrikirche. Letztere ist siebenmal durch Kriege und Brände zerstört worden. Und nun stießen die Bagger auf uralte Fundamente und Gräber. Die Archäologen eilten herbei und stellten ein Zelt über die Grube.

Franziska fragte: »Ist das ein Zirkus?«

Gustav flüsterte: »Sag das nich so laut, sonst sind die Leute beleidigt! Das sind Archäologen, studierte Wissenschaftler!«

»Und was für Wissen schaffen die?«

»Die untersuchen die Mumien.«

»Was sind denn Mumien?«

»Ja, was sind Mumien? Die haben die Ägypter erfunden. Das sind – einjeweckte Könige.«

»Richtige Könige mit Krone? Kann ich die mal sehen?«

Da kam ein Kleinlaster mit der Aufschrift: »Museum

für Frühgeschichte«. Der Fahrer stieg aus. Gustav ging auf ihn zu:

»Schönen Tag ooch! Die Kleene fragt, ob hier een König ausjebuddelt wird.«

»Bestimmt nicht. Hier haben Kaufleute gelebt. Da vorne war mal eine Bäckerei.«

»Und woher wissen Sie das?«

»Das erzählen uns die Steine. Wir haben den Backofen gefunden. Und von den Latrinen wissen wir, was sie gegessen haben und woran sie gestorben sind.«

»Na guck einer an! Wenn Sie Gräten finden, war's vielleicht 'ne Fischverjiftung?«

»Die Gräten sind längst verrottet, aber Angelhaken finden wir öfter.«

»Ja, klar. Und nachher kommt denn wieder eine Kirche her?«

»Ich glaube, da fehlt die Kundschaft. Aber mein Chef meint, hier könnte man eine öffentliche Grabungsstätte einrichten. Das ganze Loch überbauen. Dann könnten die Leute beim Graben und Präparieren zugucken.«

»Aha, so was wie 'n ›Fenster inne Verjangenheit‹? Aber nich so tief bohren, dasse in Australien rauskommen!«

»Nee, nee, hier kommt man nach ein paar Metern schon im dreizehnten Jahrhundert an.«

»Tatsache? Das tät ja heißen, dass eines fernen Tages auch alles, was hier ringsum noch steht, von meterdickem Dreck begraben sein wird?«

»Na sicher. Und wenn dann wieder welche graben, könnten sie rausfinden, wie wir heute gewohnt und gelebt haben.«

»Aber die finden doch keine Feuerstellen mehr – wegen der Fernheizung.«

»Ach, hier im Osten finden die noch genügend Feuerstellen, weil hier viele Häuser Ofenheizung hatten. Dazu die Feuerstellen auf der Datsche und beim Grillen.«

»Ja richtig, dann denken die womöglich, dass die DDR nicht nur sechzehn Millionen Einwohner hatte, sondern sechzig Millionen? Bloß Tonscherben finden sie nicht.«

»Dafür finden sie vielleicht ein Aluminium-Besteck, wo VEB Kabelwerk eingraviert ist.«

»Na, denn werden die sich aber wundern, wie viele Biegungen eine Gabel haben konnte. Meine sah immer aus wie 'n Rejenwurm mit Verstopfung!«

»Aber wenn sie einen Kotflügel vom Trabi finden, dann sieht der wie neu aus, weil er nicht verrottet.«

»Jenau! Und denn täten se sich vielleicht fragen, warum dat billigste Auto die haltbarste Außenhaut hatte! Bloß – wenn's hier um Frühjeschichte jeht, denn is ja dat früheste, wat Sie hier ausbuddeln, etliche hundert Jahre alt. Da fragt doch keener nach die DDR.«

»Bestimmt nicht.«

»Is aber schade.«

»Wieso?«

»Na, weil hier hundert Meter weiter der ›Palast der

Republik‹ ooch schon Schutt und Staub jeworden is. Wenn das hier so 'n Fenster inne Verjangenheit werden soll, dann jehört das doch eijentlich dazu?«

»Der Laden wurde doch abgerissen, weil er der Protzerei der Führung diente und mit Asbest verseucht war.«

»Eben drum! Da könnten die Leute staunen, was sich die Bauarbeiter alles haben einfallen lassen, um ihre Obrigkeit um die Ecke zu bringen! Und sich selber ooch, denn den erschten Ball hatten doch da die Bauarbeiter?«

»Das will doch keiner mehr wissen. Da soll doch das Kaiserschloss hin.«

»Ja klar, aber drum müsste man sie vielleicht erinnern. Ich seh schon – wenn das hier zum Museum wird, denn werd ich meinen Klappstuhl nehmen und den hier vor die Tür stellen!«

»Wozu das?«

»Na, da kommt ein Schild ran: ›Fundsachen‹. Vorher buddel ich die kaputten Tassen und Gläser aus, wo noch mit Joldbuchstaben dransteht ›PdR‹ – Palast der Republik. Und denn lege ich die Speisekarte daneben, wo druffsteht, dass man da für zwei Mark fuffzig ein Schnitzel oder einen Riesen-Eisbecher kriegen konnte.«

Franziska quengelte: »Kaufst du mir auch ein Eis, Opa Gustav?«

»Hinterher, Mädchen, hinterher!«

»Haben Sie im Palast gearbeitet?«, fragte der Fahrer.

»Nö«, sagte Gustav, »nur gefeiert.«

Franzi rief: »Ich möchte auch mal in einem Palast feiern!«

Gustav stöhnte: »Ja früher, Mädchen, da hätte ich jesagt: ›Komm, wir fahren zum Pionierpalast!‹ Aber heutzutage können sie ja kaum 'ne Kita über Wasser halten.«

Der Fahrer nickte und bemerkte: »Ich war oft im Palast der Repubik. Mein Vater hat da in der Küche gearbeitet. Die hatten ja dreizehn Restaurants mit 1500 Plätzen. Den großen Saal für fünftausend Leute. Die Jugend-Disco war gleich neben dem Volkskammersaal.«

»Siehste! Das schreibe ich denn alles uff meinem Souvenirstand dazu. Da werden die Fremden Oogen machen!«

»Na, dann wünsche ich Ihnen gutes Gelingen!«, sagte der Mann und stieg in sein Auto.

Franziska maulte: »Zeigt der uns keinen König?«

Gustav nahm das Mädel an die Hand und sagte: »Komm, wir gehen jetzt einfach nachsehen, wer oder was sich da unter dem Zelt versteckt! Wir dürfen uns bloß nicht von der Polizei erwischen lassen! Los, abducken!«

Wer sich mit Kindern beschäftigt, wird selber zum Kind. Drum quälten Gustav dann für den Rest des Tages auch kindliche Gedanken: Was war das bloß für ein seltsamer Staat, diese DDR? Kleine, bescheidene Wohnungen. Ministerien und Banken ohne Marmorsäulen, aber Paläste fürs Volk. Keine Wegwerfgesellschaft, die im eigenen Müll erstickt ist. Aluminium-Münzen mit Werkzeug hinten drauf – ohne den üblichen Raubvogel. Offenbar doch ein friedfertiges, fleißiges, genügsames Völkchen. Schade, dass man so wenig Verlässliches darüber erfuhr! Aber die Schatzgräber der Archäologie holen ja manches ans Licht, was die Historiker vergessen haben!

Das Geheimnis der Charlotte Hempel

Der junge Fensterputzer vom »Home-Service« wunderte sich, dass die alte Frau Hempel in der elften Etage statt der üblichen siebzehn Euro, die sie immer passend bereit hielt, diesmal zwanzig Euro in seine Hand drückte. Aber sie hatte auch einen Zusatzwunsch: »Ach, wenn Sie die Margitta oder die Karin treffen, die mir hier öfter zur Hand gehen, dann sagen Sie doch bitte, dass ich eine dringende Besorgung hätte, wenn sie mal reinschauen könnten.«

»Mach ich. Ich hab ja noch eine Weile im Haus zu tun.«

»Sehr gut!«, sagte Charlotte Hempel. »Die Mädchen sind doch unsere ›Schwestern Theresa‹. Das hören sie aber nicht gern, deshalb nenne ich sie immer ›Engelchen‹. Und wenn der Fensterputzer kommt, steht in meinem Kalender: ›Bengelchen‹. Ich hoffe, das stört Sie nicht?«

»Ist schon okay«, sagte der junge Mann, rückte sein Base-Cap in die Stirn, klemmte den Eimer mit Lappen und Schieber unter den Arm und verschwand.

»Alte Leute sind wunderlich«, sagt man. Charlotte Hempel war fünfundachtzig und hatte damit das Recht, wunderlich zu sein. Als sie jung war, hörte sie keine Hit-

Paraden, sondern die Luftwarnmeldungen, wenn Bomber im Anflug waren. Später holte sie sich Hornhaut und Blasen an den Händen beim Enttrümmern. Danach machte sie die Prüfung als Straßenbahnfahrerin. Sie pflegte ihren kranken Mann gesund, half den Kindern bei den Hausaufgaben und hielt die Groschen auch zusammen. Sie hatte gekocht und gebacken, gewaschen und gebügelt, getröstet und geholfen, und nun reichte ihre Puste nicht mehr für sie selbst.

Jeder Mensch trägt die Gravierungen seiner Zeit und seiner Lebensumstände.

Der Jahrgang von Charlotte Hempel kam mit schlechten Karten zur Welt. Das prophezeite ihr mal eine Wahrsagerin auf dem Rummelplatz. Seither legte sie sich ihre Karten selber, weil sie schnell erkannte, dass die Wahrsagerin nur nachplapperte, was die Kundschaft vorher ausplauderte. Aber vorige Woche sagten ihr die Karten, dass unverhofft Geld ins Haus kommen würde. Und – bautz! – hatte sie auf ihrem Lottoschein fünf Richtige! Wenn sie sich nicht verzählt hatte. Drum wartete sie nun auf die Margitta, die das nachprüfen sollte.

Erst gestern hatte sie die ehrenamtliche Schwester vor einem Schock bewahrt: Da meldete der der automatische Blutdruckmesser, dass sie schon längst tot wäre. Aber dann kam die Margitta, steckte eine neue Batterie in das Gerät, und das Leben ging weiter.

Heute kam das ›Engelchen‹ etwas später, hörte mit Staunen von dem unverhofften Goldregen, fand die Gewinnzahlen in der Zeitung bestätigt und versprach, das Geld herbeizuschaffen.

Das war aber leichter gesagt als getan. Die alte Frau Hempel musste eine Vollmacht unterschreiben. Und der Zeitungskiosk musste die Ermittlung der Gewinnquoten abwarten. Das ergab dann für Charlotte Hempel – ohne Zusatzzahl, ohne Superzahl, ohne Supersechs, ohne Spiel 77, ohne Glücksspirale und bei vielen beteiligten Fünfern – 2100,– Euro. Das klingt in vielen Ohren beträchtlich, aber es reicht gerade für die anonyme Urnenbeisetzung oder für ein Gebiss.

Nun durfte aber die Lottoannahmestelle größere Beträge nicht auszahlen. Das machte nur die Zentrale. Die wiederum hatte nur bestimmte Öffnungszeiten. Und als Margitta dann endlich dort vor dem Schalter stand, musste sie hören, dass Gewinne nur aufs Konto überwiesen werden könnten. Also eilte sie nach diesem Hindernislauf zurück zu Charlotte Hempel und fragte nach deren Konto.

Doch die Frau hatte kein Ohr für Margitta und rief nur: »Machen Sie doch bitte mal das Radio an. Da kommen gleich Nachrichten. Und reichen Sie mir den großen Atlas herrüber!«

Margitta machte das, aber fragte: »Seit wann hören Sie Nachrichten?«

»Na, seit mein Enkelsohn in Afghanistan ist.«

»Aha, der rettet die Freiheit.«

»Der Dummkopf hat einen gut bezahlten Job gesucht.«

»Ist doch schlau! Und mehr Freiheit tut der Gegend da auch gut.«

»Mag ja sein, aber für meine Familie kommt da nur Angst raus.«

»Wir vergessen vielleicht zu schnell, dass wir frei sind?«

»Aber frei nicht von Ängsten. Die haben sich verdreifacht!«

»Wirklich? Da haben Sie sich vielleicht verzählt, Frau Hempel.«

»Wieso? Im früheren Leben hatte ich drei Ängste: Wie lange läuft mein Trabi? Wo kriege ich einen Ferienplatz? Und wie hoch wird meine Jahresendprämie? Damit konnte ich leben. Aber jetzt frage ich mich jeden Tag: Wie überlebt mein Enkel den Krieg? Wann findet meine Älteste wieder Arbeit? Wie teuer wird Wasser, Strom und Müll? Was kostet nächstes Jahr die Miete? Was zahlt die Kasse für mein Gebiss? Was bleibt dann von meiner Rente? … Und so was alles.«

Margitta machte das Radio lauter: »Solche Ängste haben wir doch alle. Da erklären sie im Radio, dass das der Preis der Freiheit ist!«

Charlotte Hempel sagte leise: »Der ist mir zu hoch – jeden Tag zittern!«

»Übrigens, morgen dürfen Sie nicht zittern, wenn

keiner kommt. Die Karin macht zwar Bereitschaft, aber ich fahre auf Kurzurlaub an die Türkische Riviera.«

»Warum denn gerade dorthin?«

»Das war das billigste Angebot.«

»Also keine ganz freiwillige Entscheidung? Haben da wenigstens die Anschläge aufgehört?«

»Was für Anschläge?«

»Jetzt weiß ich, warum Sie immer so fröhlich sind – Sie hören keine Nachrichten!«

»Selten. Aber jetzt habe ich bei der Lotto-Zentrale gehört: Ohne Konto kein Geld!«

»Konto habe ich keins. Das lehne ich ab!«, sagte Oma Hempel.

»Dann gibt es kein Geld«, warnte Margitta. »Und dann können Sie auch keine Keuzfahrt im Mittelmeer damit machen.«

»Will ich ja nicht. Die mache ich doch jeden Nachmittag.«

»Eine Kreuzfahrt?«

»Na klar, mit dem Traumschiff um vier im Fernsehen.«

»Dann wissen Sie ja, wie schön das ist.«

»Schön? Das ist doch schrecklich! Da sind ja nur Heiratsschwindler, Schmuckdiebe und einsame Witwen an Bord. Achtzig Prozent der Passagiere sind über siebzig. Wer jünger ist, zählt zur Besatzung. Was soll ich dazwischen? Außerdem fällt mir auf See immer das Essen aus dem Gesicht.«

»Na, das bleibt Ihnen ja nun erspart, weil Sie das Geld nicht ohne Kontonummer kriegen.«

»Das steht mir aber zu!«

»Das bestreitet auch niemand.«

»Dann will ich es haben!«

»Das ist in drei Tagen auf dem Konto.«

»Ich habe aber kein Konto!«

»Dann müssen wir eines einrichten.«

»Das sollen die Lotto-Fritzen tun, wenn sie's unbedingt wollen.«

»Das geht nicht. Wir müssen morgen zur Bank oder zur Sparkasse.«

»Mit denen verkehre ich nicht. Das sind Kriminelle! Hat die Zeitung geschrieben. Die haben alles Geld von der Kundschaft verbrannt.«

»Ja, aber nicht wirklich. Jetzt gibt es doch Bürgschaften vom Staat.«

»Erzähl mir nichts, der Staat ist doch auch pleite! Die verjubeln doch schon das Geld unserer Enkel. Das hat es früher nicht gegeben. Nee, die kriegen mein Geld nicht!«

»Wohin kriegen Sie denn Ihre Rente?«

»Die geht auf die Sparkasse, aber da hol ich sie immer gleich nach Hause.«

»Also gibt es doch ein Konto?«

»Eine Sparkasse, und da kommt mir nichts anderes dazwischen.«

»Und wie geht das mit der Miete und den Versicherungen ohne Dauerauftrag?«

»Bei der Miete warte ich auf die Mahnung, und dann gehe ich mit dem Geld jedes Quartal zur Verwaltung. Da sitzt ein nettes Fräulein und schreibt mir dann alles aus. Und die Versicherung kriegt einmal im Jahr eine Überweisung.«

»Hatten Sie denn früher auch kein Giro-Konto?«

»Doch, damals für mein Gehalt. Da gab es auch über Jahrzehnte reichlich Zinsen. Aber jetzt geben sie doch bloß anderthalb Prozent für das Geld, das ich ihnen borge. Und wenn ich selber Kredit brauche, verlangen sie fünfzehn Prozent. Das sind Halsabschneider!«

»Aber Sie müssen doch irgendwie und irgendwo Ihr Spargeld verwalten?«

»Das mache ich wie meine Mutter.«

»Aha. Und wie hat die das gemacht?«

»Dreh dich mal um … siehst du die alte Standuhr? Geh mal hin und klapp die Glastür auf. Vorsicht, die ist wackelig geworden! … Siehst du unten im Kasten die Schatulle? Da kommen keine Heuschrecken ran! … Nun staunst du …«

»Nun zitter ich! Wenn Ihnen mal was passiert oder wenn hier Einbrecher kommen …?«

»Papperlapapp! Kennst du das Märchen von den sieben Geißlein nicht? Das Letzte hatte sich im Uhrkasten versteckt, drum hatte es der Wolf nicht gefunden!«

»Wenn Sie scherzen, Frau Hempel, dann geht es Ihnen gut.«

»Gut nicht, aber besser als gestern.«

»Na, ist doch gut, wenn es Ihnen besser geht?«

»Schon, aber besser wäre, wenn es mir gut ginge!«

»Sie dürfen sich nicht aufregen.«

»Dann darf ich keine Zeitung mehr lesen.«

»Das schon, aber nicht, was da über die Kriminalität steht.«

»Das ist aber alles kriminell, was ich da lese. 40 000 Tote jährlich, weil sie in den Kliniken nicht ihre Messer und Schläuche sauber machen! Wenn ich mal eingeliefert werde, nehme ich mein ›Fit‹ mit. Das ist Überlebenstraining. Man muss eben immer gewappnet sein gegen Krankheit, Krisen und Kriminalität.

Und dafür habe ich meine Schatulle. Nun schaff mir das Geld ran, sonst holen wir die Polizei und lassen die Lotto-Fritzen wegen Unterschlagung verhaften!«

Das Schlüsselkind

Arthur Anders, die Seele vom »Kahlkopf-Trio«, kam vom Einkauf. Es war kurz vor zehn. Da sah er den zwölfjährigen Paul auf der Treppe hocken.

»Hast du keine Schule?«

Paul schüttelte den Kopf.

»Ist die Lehrerin krank?«

»Die ist doof.«

»Ach so. Und warum gehst du nicht hoch in die Wohnung?«

»Keinen Schlüssel.«

»Vergessen oder verloren?«

»Wahrscheinlich in der Klasse verloren.«

»Dann geh hin und such ihn!«

»Darf ich nicht.«

»Darfst du nicht?«

»Hausverbot.«

»Wieso das denn?«

Nun schüttelte den Jungen ein Weinkrampf. Arthur setzte sich zu ihm auf die Treppe und legte den Arm über seine Schulter: »Erzähl mal!«

Aber Paul schüttelte nur den Kopf.

Arthur Anders hätte sich wohl nicht die Zeit genommen, wenn er nicht gewusst hätte, dass Paul bei seinem alleinerziehenden Vater lebte. Der hatte versucht, aus der Arbeitslosigkeit in die Selbständigkeit zu flüchten, um nicht anderen auf der Tasche zu liegen. Sein doppeltes Pech bestand aber darin, dass er es im Autohandel versuchte und das in einer Zeit, wo diese Branche am Abgrund taumelte. Deshalb kam selten ein Kunde vorbei. Meist waren es gutmütige Omas, die dem Enkel einen billigen Gebrauchtwagen für die Lehrstellensuche sponsern wollen. Dann musste Pauls Vater lange im Internet suchen und weite Wege zum Anbieter fahren, um irgendein klappriges Gefährt für die Jobsuche zu finden. Und da er als Händler für eventuelle Schäden haften musste, zahlte er bei den meisten Geschäften drauf. Das verlangte dann noch mehr Fahrten über noch mehr Kilometer zu noch billigeren Autos. Und deshalb war sein Sohn Paul die meiste Zeit mit sich, mit dem Computer und mit seinen Problemen allein.

Arthur wollte helfen: »Nun raus damit, Paul: Was ist passiert?«

Der Junge druckste: »Wir hatten eine Mathearbeit. Ich habe wirklich geochst. Heute gab die Krämer die Blätter zurück. Ich hab eine Sechs. Da war ich stinksauer, hab ihr den Zettel aus der Hand gerissen, zerknüllt und nach ihr geworfen. Da hat sie sich angegriffen gefühlt und gesagt, dass ich für eine Woche ausgesperrt bin von der Schule. Papa kriegt das noch schriftlich.«

»Das ist starker Tobak!«

»Papa wird verrückt, wenn er das hört!«

»Erst mal abwarten, ob der Brief wirklich kommt.«

»Der kommt. Die alte Tussi hat mich schon ewig im Visier.«

»Weil du Krawall machst?«

»Den Krawall machen die anderen, aber mich pickt sie immer raus!«

»Weil du immer dabei bist?«

»Ich bin nirgends dabei – nicht bei der Klassenfahrt, nicht wenn es ins Spaßbad geht, nicht wenn es Moped-Lehrgänge gibt.«

»Klar, das kostet Geld. Nimm deine Tasche, wir gehen erst mal zu mir. Ich hab frische Brötchen.«

Als Paul mit langen Zähnen an seinem Brötchen herumkaute, versuchte »Arthur der Engel«, ihn mit Lehrerwitzen aufzuheitern:

»Kennst du den? Der Junge zeigt seine Sechs in Mathe, worauf der Vater sagt: ›Für solch eine Zensur müsste es Prügel geben!‹

›Okay, Papa, ich weiß, wo die Lehrerin wohnt!‹

Findest du nicht so lustig?

Der Vater fragt: ›Zwölf Fehler bei zehn Aufgaben – wie ist das möglich?‹

›Ach‹, sagt der Junge, ›das liegt nur an der Lehrerin. Die sucht immer wie verrückt!‹

Auch nicht lustig?

Der Lehrer lobt seinen Schüler beim Hausbesuch und fragt: ›Von wem hat der Junge nur seinen Wissensdurst?‹

Darauf sagt die Mutter: ›Das Wissen von mir, den Durst vom Vater!‹«

Nun grinste Paul ein wenig, aber nur, um zu sagen: »Mein Vater trinkt nicht!«

»Hast recht, Junge. Aber du kannst ruhig zugreifen: Milch macht müde Männer munter!«

Der Brief von der Schule kam zwei Tage später. Pauls Vater kam damit zu Arthur. Da wurde tatsächlich verfügt, dass Paul für eine Woche vom Unterricht suspendiert war, wegen eines tätlichen Angriffs auf die Klassenleiterin.

Arthur fragte Pauls Vater: »Ist das wirklich so ein Rabauke?«

Pauls Vater schüttelte den Kopf: »Glaube ich nicht. Er ist kein Engel. Ich bin viel unterwegs. Seine Leistungen sind nach der Scheidung stark abgesackt. Dazu dieses verrückte Alter, wo keine Gesetze gelten. Aber wenn er jetzt vor der Prüfung eine Woche aussetzt, dann weiß ich wirklich nicht, wie er die Prüfung schaffen soll und was er hier tagsüber alleine machen wird. Und wenn der dämliche Vorfall in die Abschlussbeurteilung reinkommt, findet er nie eine Lehrstelle.«

Arthur nickte und studierte den Brief: »Mich wundern hier zwei Dinge. Die Strafe scheint mir ziemlich hoch für diesen Ausrutscher. Und unterschrieben hat nicht die Direktorin, sondern die gleiche Lehrerin. Sie kommen doch mit ihrem Computer ins Internet? Da sollten wir uns mal das Schulgesetz genauer ansehen, und dann kann ich morgen in der Schule nachfragen gehen. Wenn Ihnen das recht ist?«

»Das wäre mir sehr recht, weil ich morgen wieder ein Auto aus Bayern abholen muss. Da habe ich mit der Überführung, Durchsicht und Anmeldung zwei Tage Stress.«

»Na, dann!«, sagte Arthur und ging mit Pauls Vater an den Computer. Das sollte sich als nützlich erweisen.

Anderntags saß Arthur der Schuldirektorin gegenüber und sagte: »Das ist nicht in Ordnung, was Sie dem Jungen anhängen! Erstens hat der Paul im Affekt gehandelt. Zweitens war das Motiv nicht, die Lehrerin zu bestrafen, sondern sich selbst, weil ihm seine Zensuren nicht egal sind. Da müsste sich doch jeder Pädagoge freuen? Und drittens sagt das Schulgesetz zur Bestrafung von Disziplinverstößen, dass der Schüler und seine Erziehungsberechtigten anzuhören sind. Dass der Ausschluss vom Unterricht erst als Punkt Fünf in Betracht kommt. Dass vorher die Lehrerkonferenz und die Aufsichtsbehörde zustimmen müssen. Also, ehe ich nun mit dem Brief zum Schulratsamt gehe, sollten Sie ihn lieber zurückziehen!«

Der Direktorin war das offensichtlich peinlich. Sie klagte, dass sich die Disziplin-Verstöße in dieser Altersgruppe häuften. Dass sich manche Lehrer kaum noch in die Klassen trauten. Und dass man unbedingt härter durchgreifen müsse.

Arthur fragte: »Aber doch nicht härter als die Gesetze? Und nicht mit der gleichen Härte gegen Kinder, die unter ganz anderen Härten zu leiden haben? Und nicht ohne Hilfe, damit die Chancengleichheit gewahrt bleibt?«

Es wurde ein längeres Gespräch. Dem folgte ein kürzerer Entschluss. Die Direktorin versprach, dem Jungen ab morgen wieder Zugang zur Schule zu sichern und den Vorgang nicht aktenkundig zu machen, sondern in einem Gespräch mit Vater und Sohn und der Lehrerin auszuwerten.

Mit dieser Erleichterung ging Arthur Anders dann nach Hause. Dort griff er sich den Paul und erklärte dem sinngemäß:

»Dein Vater ist wieder unterwegs, damit du Nutella auf die Stulle kriegst. Der könnte keinen Tag arbeiten, wenn er nicht wüsste, dass er sich auf dich verlassen kann. Egal, ob du in der Wohnung oder in der Schule bist. Wenn hier noch eine Mutter wäre, hättet ihr es beide leichter. Aber leichter brauchen es nur Schwächlinge. Du bist keiner.

Du gehst morgen wieder zur Schule. Da gilt die Hausordnung und nicht die Hau-Ordnung von deiner Clique. ›Sage mir, mit wem du umgehst, und ich sage dir, wer du bist!‹ Das ist eine alte Weisheit. Such dir lieber neue Freunde. Und knie dich rein in die Mathematik. Sonst kann dich jeder Unternehmer um deinen Lohn bescheißen! Die Burschen können nämlich sehr gut rechnen. Du kannst das vorerst noch nicht. Dein Vater übrigens auch nicht. Der hat offenbar ein zu weiches Herz für die Marktwirtschaft. Wäre gut, wenn du mal sein Buchhalter werden könntest. Vielleicht genügt dafür schon eine Drei in Mathe. Was die heutigen Bankdirektoren sind, die hatten wahrscheinlich auch nur eine Vier oder Fünf in Mathe, sonst müssten sie nicht immerfort den Staat anpumpen.

Also, besorg dir die Schulaufgaben für morgen und mach dich ran.«

Als Arthur dann in seiner Wohnung den Fernseher einschaltete, hörte er drei Nachrichten: Die Frauen in Deutschland würden bei gleicher Arbeit noch immer dreiundzwanzig Prozent weniger Geld als die Männer verdienen. Die Schulbehörden überlegten, wie die von der PISA-Studie gerügte soziale Benachteiligung im deutschen Schulwesen abgebaut werden könne. Und in Afghanistan würden die deutschen Truppen verstärkt, um im Zuge der Reformierung des Landes auch die Gleichberechtigung der dortigen Frauen und Kinder durchzusetzen.

Arthur wurde das Gefühl nicht los, dass mit der gleichen Begründung skandinavische Truppen in Deutschland einrücken könnten. Was sie aber – zum Pech für Paul und viele andere – nicht tun werden, denn wir sind nun mal die Größten, auch wenn wir in manchen Dingen sehr klein sind.

Wenn Oldies surfen

Wenn die Einen um die dreißig und die Anderen um die siebzig Jahre alt sind, dann treffen Opas auf Enkel, und das kann Verständigungsprobleme geben. Wenn Oma in die »Mail-Box« geht, dann findet sie die in der Küche neben dem Zucker. Und Opa denkt bei »Schüssel« auch nicht zuerst an Satellitenschirme.

Adelbert Fondulski hatte Lars getroffen, der in der fünften Etage wohnte und öfter im *Anzeigenblatt* seine Dienste als »Computer-Doktor« anbot. Lars arbeitete mit Sven zusammen, der sich als versierter Internet-Surfer durch virtuelle Versteigerungen ein Zubrot verdiente. Und wenn Lars oder Sven günstige Elektronik-Bauteile brauchten, dann spannten sie Felix ein, der alles beschaffte.

Diese drei Computerfreaks hatte Adelbert Fondulski eingespannt, um die Hintergründe und Auswege zum offenbar bevorstehenden Verkauf ihres Hochhauses an der Parkaue herauszufinden. Denn Gustav brauchte zwei Wochen, um einen Gesprächstermin bei der Wohnungsgesellschaft zu vereinbaren. Arthur hatte nur drei Zeitungsartikel gefunden, in denen Details über aktuelle Veränderungen am Wohnungsmarkt nachzulesen waren. Und Adelbert konnte überhaupt nichts über den vermeintlichen Investor herausfinden, weil er im Internet nicht zu Hause war. Daher verzweifelte das

»Kahlkopf-Trio« zusehens, bis es zum Treffen mit dem »Computer-Trio« kam.

Die jungen Leute machten aus Arthur kurzerhand den Atze, Gustav wurde zum Täve und Adelbert nannten sie Addi. Was sich dann abspielte, lief etwa so:

»Warum geht ihr denn nicht ins Internet? Da erfahrt ihr in drei Stunden mehr, als ihr in drei Wochen mit den Füßen zusammenholen könnt.«

Gustav stotterte: »Na wir zwei haben jar keinen Computer nich und der Adelbert hat zwar eenen, aber den benutzt er ja bloß als Schreibmaschine, wie er sagt.«

»Wie bist du denn bestückt Addi – Desktop oder Notebook?«

»Na, so eine flache Blechkiste, wie sie jetzt alle haben.«

»Also Notebook. Welchen Prozessor und wie viel Gigabyte hat die Festplatte?«

»Weiß ich nicht. Das steht vielleicht in dem Heft, das dabei lag.«

»Wie alt ist denn die Kiste? Ist sie DSL-ready, hat sie Wireless-LAN?«

»Weiß der Kuckuck, aber sie war teuer vor zwei Jahren.«

»Dann ist das drin. Ich frag ja bloß, damit ihr selber ins Netz gehen könnt. Das Setup dauert keine halbe Stunde und schon geht's auf die WWW-Schiene. Und vom Top-Level der Makler auf die Homepage von eurem Mister Raffzahn. Irgendein Hyperlink wird uns schon was ausplaudern.«

Gustav schluckte und sagte: »Jo, ich tät sagen, jenau so machen wir das! Man bloß – der Adelbert kann das alleene nich.«

»Wieso nicht, wenn wir ihm die Software und die Hardware geben?«

»Wir brauchen die Feuerwehr, weil die Sache brennt. Da hilft nur een Plan!«

»Was für ein Plan?«

»Na, wie wir den Laden hier für uns privatisieren können. Wir übernehmen das Haus einfach in Selbstverwaltung mit Pachtvertrag.«

»Ist ja irre! Ihr seid ja doch keine Opas! Erzählt mal mehr …«

So fing das vor vier Wochen an. Man trennte sich erst um Mitternacht. Und alle hatten einen guten Schlaf, obwohl jeder einen Packen Arbeit mitnahm.

Felix musste Adelbert und dessen Computer fit machen. Das dauerte zwei Tage. Sven sollte die Anwaltskammer anklicken und einen Spezialisten für Wohnrecht in der Nähe ermitteln. Er wurde zwei Straßen weiter fündig, bekam aber kalte Füße, als er den Gebührenkatalog auf dem Monitor hatte. Lars wollte im »Who is who?« herausfinden, welcher Investor mit der »Concordia Company« auf Immobilien machte. Er fand keinen Hinweis. Aber in einem Archiv deutscher Gerichtsberichte stieß er auf ein Strafverfahren gegen diese Investmentgruppe wegen Steuerbetrug und Bilanzfälschung. Diese Herren hatten also keine saubere Weste.

Adelbert war inzwischen dabei, eine Kosten-Nutzen-Kalkulation für eine eventuelle Selbstverwaltung des Hauses zusammenzustellen. Er ging davon aus, dass im Untergeschoss Gewerberäume eingerichtet werden könnten. Zum Beispiel ein Zeitungskiosk, eine Kosmetikstube mit Fußpflege oder eine Videothek.

Durch Umzüge innerhalb des Hauses konnte man zwei Stockwerke freiräumen – eine Etage als Ferienwohnungen für Verwandte und Fremde und eine weitere Etage für das betreute Wohnen unter der Obhut der Schwestern Theresa. Das würde den Leerstand beenden und Arbeitsplätze und Einnahmen schaffen.

Gustav und Arthur hatten mit den Mietern zu reden, die davon betroffen wären.

Das war kein leichter Weg, denn Umzug ist Umzug, auch wenn es innerhalb des Hauses passiert. Und dreimal umgezogen ist wie einmal abgebrannt. Aber von vielen kam schnell der Zusatzwunsch, so etwas wie einen Pförtnerdienst einzurichten, der tagsüber die Paketpost für Abwesende entgegennimmt und zur Urlaubszeit die Briefkästen leert. Und wenn dadurch »dunkle Gestalten« ferngehalten werden, wäre das auch nicht verkehrt.

Adelbert musste weiterrechnen, denn ein Geschäft ist erst ein Geschäft, wenn man dem Finanzamt beweisen kann, dass es kein Geschäft ist.

Das alles schreibt sich schnell dahin, aber es löste eine Geschäftigkeit aus, die man sonst nur in einer Ameisenburg beobachten kann. Und manche Mieter schlugen auch nur die Hände über dem Kopf zusammen, als drohe ein Erdbeben. Das drohte ja tatsächlich, aber von außen! Deshalb fanden es dann die allermeisten Mitbewohner sinnvoller, von den Igeln zu lernen: Zusammenrollen und Stacheln nach außen! Und da Neuwahlen bevorstanden und alle Amtsträger plötzlich ein weiches Herz für soziale Projekte bekamen, die sich mit Fernsehreportern einweihen ließen, planten sie außerdem einen Besuch in der Sprechstunde der zuständigen Stadträtin.

Der Knackpunkt aber schien die Gründung einer GmbH der Mieter, also einer Gesellschaft mit beschränkter Haftung als Rechtsnachfolger zu sein. Aber wer macht schon mit, wenn er was von »Haftung« hört und von einer Bürgschaft über 500 000 Euro? Das liegt weit über der Schmerzgrenze. Deshalb musste es auch Fördermittel für »Mehrgenerationenhäuser« geben, was zu erkunden war.

Und das alles nur, um ein Stück ehemaliges Gemeineigentum mit der Solidarität der Gemeinschaft vor den Gemeinheiten privater Vermarktung zu retten. Es war der Versuch, die gelobte Wende durch eine riskante Kehrtwende sozial verträglich zu gestalten. Marx würde sich im Grabe umdrehen, aber am Ende doch wohl den Hut ziehen.

Der Name Marx erscheint hier nur, weil sich Sven, der immer mit offenem Hemd herumlief, dessen Konterfei auf die Brust tätowieren ließ. Das war aber vor Jahren, als er als stämmiger Kerl auf dem Bau gearbeitet hatte. Inzwischen war das Porträt deutlich geschrumpft und erinnerte mehr an Herrn Thierse.

Arthurs K.O.-Tropfen

Wenn Männer wie Arthur, den man »den Engel« nennt, plötzlich als »Teufel« in Verruf kommen, dann kann das nicht an ihrem Charakter liegen, sondern nur an einer Verkettung unglücklicher Umstände. Am ehesten, wenn Schnaps im Spiel ist. Dabei ist Arthur gar kein Schnapstrinker, sondern Schnapshersteller! Nun ja – ein kleiner. Er bringt es so auf vier, fünf Flaschen im Jahr. Zwei Flaschen Eierlikör mit vierzehn Prozent für Damenbesuche und zwei-drei Flaschen Schlehdornschnaps mit vierundvierzig Prozent für Herrenbesuche. Die Differenz von dreißig Prozent Alkoholgehalt lässt erahnen, dass eine Verwechselung der Einsatzgebiete verheerende Folgen haben könnte, zumal Arthur immer noch die richtige Mischung sucht.

Arthur hatte eine Zugehfrau, die dem umtriebigen Witwer half, einmal in der Woche »klar Schiff« in seiner Wohnung zu machen. Sie war eine ansehnliche Person, resolut und lebenstüchtig. Sie hätte wahrscheinlich nichts dagegen gehabt, weitere Dienstleistungen für und an Arthur zu verrichten, wenn er sie nur dazu ermuntert hätte. Aber Arthur ermunterte Frau Kaminski nicht, denn: Je enger die Bindung, um so kürzer die Kette!

Arthur musste schon mal öfter zum Supermarkt, weil er sich nie einen Einkaufszettel machte. Aber neuerdings ging er noch öfter als sonst, weil da eine deutschsprachige Polin an der Kasse saß, deren Anblick ihn an das Lied erinnerte: »Sie war das allerschönste Kind, das man in Polen find …«

Und je länger die Warteschlangen an der Kasse waren, um so länger konnte Arthur die Dame beobachten. Diese Polin hatte nämlich die Angewohnheit, bei steigendem Andrang an der Kasse schnell mal die oberen Knöpfe ihres Firmenkittels aufzuknöpfen, was dann eine entzückende Einladung zur Berg- und Talfahrt war. Das alleine hätte aber nicht genügt, um Arthurs Ruf in Gefahr zu bringen. Das begann erst mit der schlichten Frage der Kassiererin: »Trinken Sie das etwa pur?«

Dabei zeigte sie entsetzt auf die zwei Flaschen reinen Sprit, die Arthur auf dem Laufband hatte. Arthur errötete, was in seinem Alter selten war, und dann stammelte er: »Nicht doch, nein! Wer macht denn so was?«

Die Polin sagte nur: »Na, na! Meine Oma in Katowice nimmt das nur zur Reinigung oder zum Tintenschnaps.«

Das Wort »Tintenschnaps« machte Arthur hellhörig: »Was ist das denn?«

»Oh, kenne ich nicht alle deutsche Wörter für die Bäume und Sträucher, aber am liebsten hat sie schwarzes Gestrüpp mit lange Stachel und schwarze Beeren.«

Nun sprang Arthurs Pulsschlag von sechzig auf hundert, weil er immer noch nach einem unwiderstehlichen Rezept für seinen Schlehdornschnaps suchte. Aber da jetzt Kundschaft zur Kasse drängte, stammelte er nur noch: »Wenn Sie das Rezept kennen, müssen wir unbedingt darüber sprechen. Ich mache nämlich den gleichen Schnaps!«

Beide lachten, aber das brachte ihnen nur den Zuruf ein:

»Is det hier 'ne Koofhalle oder 'ne Quasselbude?«

Anderntags legte sich Arthur im Supermarkt auf die Lauer, bis Ebbe an der Kasse war. Dann schob er eine Tüte Salzstangen auf das Laufband und schickte zwei Fragen in vier Sekunden über den Tisch: »Legt Ihre Oma die Beeren auch vorher in den Eisschrank? Gießt sie dann Rum oder Wodka darüber?«

Die Polin guckte ihn mit großen Augen an und sagte: »Kann ich nicht lange reden hier. Kundschaft ist wie König!«

Arthur zuckte verzweifelt die Schultern: »Ich bin auch König. Und der König braucht ein Rezept für Schlehdornschnaps. Wann haben Sie Feierabend?«

Am Abend holte er die Polin von der Halle ab. Das sahen zwei Nachbarinnen auf der Straße. Er führte sie in sein Haus. Das sahen zwei weitere Nachbarinnen am Fenster. Er geleitete sie deshalb gleich in seinen Keller. Da traf er den Hausmeister. Der schickte nach Art der Bauarbeiter einen langgezogenen Pfiff hinterher. Dann hockte Arthur da im Halbdunkel mit der Polin vor seinen Glasballons, putzte das kleine Probierglas blank, kippte einen Schluck von der selbstgemachten Schlehdorn-

Tinte hinein, reichte der Dame das Glas und starrte erwartungsvoll in ihre Augen.

Die Polin nahm zögernd das Glas, nippte vorsichtig am Rand und wurde dann von einem Reizhusten geschüttelt, der ihr die Tränen in die Augen trieb.

Arthur sagte: »Der ist gut, stimmt's?«

»Gut schon«, sagte die Dame, »aber nicht zum Trinken. Nur für Ungeziefer im Garten!«

»Das ist alles Gewöhnung. Früher habe ich diesen Schnaps nur mit Wasser getrunken, dann mit immer weniger Wasser und jetzt wie Wasser! Na, denn: Auf Ihre Oma! Nimmt die eigentlich auch andere Beeren für den Schnaps?«

»Kann man nehmen alle Beerensorten.«

»Ja ja, aber manche nur ein Mal im Leben!«

Die Polin sah sich im Keller um und bemerkte: »Oma macht es anders als Sie hier. Keine Glasflaschen, sondern Steintopf, weil es muss dunkel sein. Kein Wodka oder Rum dazu, weil das den Aroma tot macht. Und nicht so viel Sprit, weil sonst Leute tot.«

»Ach was!«, sagte Arthur. »Lieber Rum trinken als rumsitzen! Aber die Beeren kommen doch vorher in den Eisschrank?«

»Oma holt die Beeren erst, wenn Väterchen Frost sie geküsst hat!«

»Ist doch dasselbe«, knurrte Arthur.

»Ist nicht dieselbe!«, beharrte die Polin.

»Na, gut, dann vergleichen wir mal mit dem zweiten

Ballon hier.« Er füllte das Glas und reichte es der kritischen Expertin. Die nippte daran, nippte noch mal, schüttelte sich kurz und reichte das Glas zurück. Arthur prahlte: »Das ist mein Stärkster. Da traut man sich abends Sachen zu, die man morgens nie machen würde! Ich habe da echten Jamaika-Rum raufgekippt.«

»Total verkehrt!«, sagte die Polin. »Müssen Sie trinken, was meine Oma daraus macht. Ich werde nächstes Wochenende eine Flasche mitbringen.«

Als Arthur mit der Polin aus dem Keller kam, hörte er die Nachbarn am Fenster tuscheln. Das störte ihn aber wenig, denn der Tintenschnaps hatte seine Vernunftsbremse gelockert.

Am Montag war die Polin wieder auf Schicht und Arthur auch. Als er mit zwei Tüten Soßenpulver und einem fragenden Blick an ihrer Kasse stand, sagte die Frau: »Kommen Sie zum Feierabend. Ich haben Grüße von Oma aus Katowice!«

Zum Feierabend stand Arthur mit Blumen vor dem Supermarkt. Die Polin kam und holte eine kleine Flasche aus ihrer Handtasche: »Probieren Sie! Wenn gut, habe ich Rezept von Oma notiert.«

Arthur protestierte: »Den probiere ich aber nicht alleine! Sie müssen wenigstens zehn Minuten mit zu mir kommen. Verzeihung, wie heißen Sie eigentlich?«

»Jelisaweta. Es reicht auch, wenn Sie ›Jeli‹ sagen.«

Zwei Nachbarinnen huschten auf der Straße vorbei und riefen: »Angenehmen Abend noch, Herr Anders!«

Zwei Hausbewohnerinnen schlossen lauter als nötig ihre Fenster.

Als Arthur seine Wohnungstür aufschloss und seine Begleitung hineinbat, stand da plötzlich Frau Kaminski, seine Zugehfrau im Flur. Die hatte aber statt ihrer Kittelschürze ein langes, schwarzes, durchsichtiges Gewand an, was ihr nun doppelt peinlich war. Sie stotterte verlegen: »O Gott, das konnte ich ja nicht ahnen, dass Sie in Damenbegleitung kommen. Ich habe extra früher zu putzen begonnen, weil ich gleich rüber in die Kita muss. Da ist heute Sommerfest, und ich soll als Zauberfee etwas vorlesen. Daher dieser Aufzug. Mein Gott, ist das peinlich!«

Arthur zeigte weltmännische Größe und sagte mit einer Verbeugung: »Darf ich die Damen bekannt machen? Frau Kaminski hilft mir jede Woche, die Wohnung bewohnbar zu halten. Frau Jelisaweta von der Supermarktkasse verhilft mir gerade, dank ihrer Oma, zu einem polnischen Rezept für meinen Schlehdornschnaps. Und das hier«, nun stellte er die eingewickelte Flasche auf den Tisch, »soll der Maßstab für Kenner sein. Jetzt setzen Sie sich bitte einen Moment zu uns, Frau Kaminski, damit Sie Ihre Zunge für die Vorlesung lockern. Wir trinken auf die Völkerfreundschaft!«

Natürlich protestierte Frau Kaminiski. Aber nur bis zum dritten Glas, denn das Zeug schmeckte nicht nach bitterer Schlehe und nicht nach billigem Fusel, sondern nur nach »mehr!«. Auch die Polin wäre am liebsten gleich nach Hause gerannt, aber nur bis zum vierten

Glas, denn Arthur musste nach seinem fünften Glas zugeben, dass es doch einige markante Unterschiede zwischen seinem Gebräu und dem Import aus Katowice gab.

Als Frau Kaminski das Stichwort »Katowice« hörte, stieg plötzlich in ihr als Umsiedlerkind das Heimweh nach Schlesien auf, obwohl sie Katowice nur von den Fotos ihrer Eltern kannte. Aber nun hatten die beiden Damen so viel Gesprächsstoff, dass die Probeflasche nicht reichte und Arthur seinen Eierlikör hervorholen musste. 14 % + 44 % = 58 %. Da wird man willenlos!

Trotzdem stand Frau Kaminski plötzlich auf und sagte mit schwerer Zunge:

»Ich kann und w-will mich an diesem Test nicht länger beteiligen, sonst lese ich den Kindern die falschen Texte vor. Ich muss los, mein Pu-Publikum wartet!«

Die Polin stand auch auf und griff ihre Tasche. Und Arthur ließ alles stehen und eilte zur Tür, um die Damen hinauszubegleiten. Dabei trat er der Frau Kaminski versehentlich auf das lange, schwarze, dünne Seidenkleid, wobei ein Träger an der Schulter riss. Und als Arthur dann vor dem Haus der Frau nachlief und versuchte, den Träger irgendwie wieder an der Schulter zu befestigen, da wehrte die sich schließlich mit lautem Protest und hilflosen Rundum-Schlägen, worauf dann gleich zehn Fenster im Haus aufgingen und zwanzig Mieter mit den Köpfen schüttelten.

Der Auftritt von Frau Kaminski in der Kita musste dann leider ausfallen. Und die Damen aus der Nachbarschaft redeten noch lange über Arthurs Fehltritt:

»Der alte Anders ... Wer hätte das gedacht!«

»Und wie er die Frau Kaminski zugerichtet hat – das sah doch eindeutig nach Vergewaltigung aus!«

»Die hatte aber auch ordentlich was in der Krone. Zum Schluss soll sie in einer Telefonzelle gestanden und geschimpft haben, dass der Fahrstuhl nicht abfährt!«

Die Putzfrau musste, um nicht als Schnapsdrossel in Verruf zu kommen, erklären, dass sie nicht mehr bei Arthur putzen werde. Der habe ja jetzt diese Polin ...

Die Männer im Viertel debattierten ganz anders: »Der Arthur hat gleich zwei Weiber auf der Bude gehabt? Womit hat er die bloß gefügig gemacht?«

»Nein: K.O.-Tropfen aus Polen? Drum fordert ja die BILD-Zeitung immer wieder strengere Grenzkontrollen im Osten!«

Viele im Viertel warnen seitdem, dass »Arthur der Engel« ein Teufel sei. Aber – wer weiß schon, wie viele Frauen nachts von einem Teufelskerl träumen?

Szegediner Gulasch

Adelbert Fondulski, der Salonlöwe unter den drei Kahlköpfen im Ostberliner Hochhaus an der Parkaue, hatte durch die akustische Zweideutigkeit seines dreisilbigen Familiennamens Fon-duls-ki (mit »F«) bei der telefonischen Durchsage seiner Kontaktanzeige im *Wochenblatt* Verwirrung ausgelöst. Das verhalf ihm dann, ungewollt, zur Bekanntschaft mit einigen Damen aus Adelskreisen. Darunter war auch die füllige Baroness Julietta von Lendvay. Deren Eltern verschlug es nach der Enteignung in den fünfziger Jahren aus Ungarn nach Bayern. Dort kam es nun kürzlich zu dem Treffen mit Adelbert. Und jene Dame gab ihm zur Erinnerung das Originalrezept ihres Hauses für Szegediner Gulasch mit. Adelbert musste, nach der Rückkehr, seinen Freunden Arthur und Gustav vom Trio der einsamen Witwer versprechen, beim nächsten gemeinsamen Mittagsmahl jene feurige Köstlichkeit auf den Tisch zu bringen. Deshalb hockte nun Adelbert über dem handschriftlichen Rezept und versuchte, die darin enthaltenen ungarischen Vokabeln zu enträtseln. Und weil das nicht durchgängig gelang, griff er schließlich zum Telefon und rief die Baroness in Bayern um Hilfe an. Was er schon wenig später bitter bereuen sollte:

»Joi, der liebe Herr Adelbert! Habe ich so lange gewartet auf Nachricht wie es geht … Gut? … Ohne mich? … Kann nicht sein! Aber nun habe ich liebe Stimme im Ohr und kommen mir gleich die Erinnerung hoch ... Was für ein Rezept? Gegen Sehnsucht? ... Ach, wegen Gulasch! ... Hast du alles andere schon wieder vergessen? ... Wie Fleisch? ... Warum sagst du Kuh? ... Ach so, beim Gulasch ... Na, ist doch egal. Kannst du nehmen vom Schwein oder Rind oder Kalb ... Nein, 500 Gramm ist für drei Personen ... machst du kleine Würfel davon und schüttest mit Fett von die Gänse in großen Topf ... bis es braun wird wie meine Haut ... Du erinnerst dich? ... Nicht? Nun gut, es wird abgelöscht mit Tokaier Rotwein ... dann 500 Gramm Zwiebel dazu und Knoblauch ... dann mit Brühe aufkochen ... dann 500 Gramm Sauerkraut dazu ... Bist du sauer von unseren Treff? ... Bin ich mehr, weil du verschwunden! ... War dir zu scharf für deutsche Opa! ... Nun pass auf, die Gewürze, ganz wichtig: Pfeffer, Salz, Lorbeer, Kümmel, Ketschup, Zucker und Paprika. Aber nicht die süße von eure Küche, nur die ungarische Pepperocini, was brennt dreimal – erst auf Zunge, dann im Bauch und dann bei Auspuff! ... Bist du noch da? ... Was lachst du? Wird dir vergehen, wenn der Gulasch auf dem Tisch! ... Wirst du weinen und an einsame Julietta denken bei die kalten Berge in Bayern ... Küss ich trotzdem der Telefon, Servus! ... Hörst du noch? Hab ich Einfall: Ich komme und ... koch dir ... Schon wieder abgehauen der Schisshase!«

Adelbert hatte das Gefühl, mit Müh und Not dem Ausbruch eines Buschfeuers in der Puszta entronnen zu sein. Um seinen Kopf abzukühlen, ging er mit dem

Zettel gleich zum Supermarkt, wo er alles bekam, außer Pepperocini. Daher klingelte er auf dem Rückweg an der Lieferantentür des Hotelrestaurants nebenan und fragte den Koch, wo man derlei exotische Zutaten bekommen konnte. Der Koch drückte ihm drei kleine Chili-Schoten in die Hand und sagte: »Vorsicht, das genügt, um eine Kompanie außer Gefecht zu setzen!«

Adelbert dankte erlöst, steckte dem Mann einen Schein zu und ging. Und weil er gelesen hatte, dass dieses Gericht am zweiten Tag doppelt so gut schmeckte, begann er zu Hause gleich mit der Zubereitung.

Wenn man mit dreihundert Menschen unter einem Dach lebt, dann hat das Vor- und Nachteile: Man hat kurze Wege, wenn man jemanden braucht. Die anderen haben aber auch kurze Wege, wenn man sie nicht brauchen kann. Adelbert hatte gerade seine Fleischwürfel mit Rotwein abgelöscht, da klingelte Gustav an der Tür: »Kann ich mal kurz reinkommen?«

»Komm!«, sagte Adelbert und eilte zurück in die Küche.

»Meine Güte, was brutzelt da bei dir inne Pfanne? Hier bleibe ich!«

»Hier bleibst du nicht. Das wird unser Mittag für morgen: Szegediner Gulasch!«

»Ich komme aber wegen morgen und wegen dem Essen. Der Arthur und ich, wir haben so viele Probleme mit der geplanten Umzieherei im Haus, dass wir unbedingt mit der Weiberbrigade vom Pflegedienst reden müssen.«

»Dann redet doch. Ich muss mich jetzt um das Sauerkraut kümmern!«

»Ich bin ooch sauer! Keiner von den klapprigen Alten will ins Heim, aber umziehen im Haus wollen se ooch nich! Jedenfalls sind dreie davon störrisch wie die Esel … Haste nich 'n Bier und 'n Schnaps für mich?«

»Bier kannst du haben, Schnaps gibt's nicht.«

»Soll ich das Bier etwa trocken runterwürgen?«

»Du wirst es überleben. Steht im Kühlschrank. Reich mir mal gleich die Weinflasche rüber! Die steht im Geschirrschrank. Da steht ›Essig‹ drauf, müsste aber Himbeersaft drinnen sein. Aber riech vorher, ob es der Spiritus ist!«

»Das ist ja das reinste Chaos bei dir! Warum koofst du dir nicht wenigstens 'ne Spülmaschine?«

»Weil ich die Hoffnung nicht aufgebe, bald wieder zu heiraten.«

»Nu ja, die Weiber sind nun mal das Beste, was es in diese Art jibt. Deshalb meine ich ooch, dass wir unsere barmherzigen Schwestern einspannen müssen für den jroßen Umzug im Haus. Die wissen doch, wie man mit Kranke und Jebrechliche reden muss. Und wenn wir die drei zum nächsten Arbeitsessen einladen, denn klappt das ooch. Is doch 'ne Idee?«

»Das ist Wahnsinn! Der Topf kocht doch schon.«

»Na prima, sparste Zeit!«

»Das ist für drei Personen und kein Dinner für Sechs!«

»Machst es eben een bißken dünner, dein Dinner. Das jeht doch bei Gulasch?«

»Wenn du kochst, vielleicht. Bei mir nicht! Das ist ein Gourmet-Rezept!«

»Also ich hab ja für jedes Jericht zwei Rezepte: Eens, wenn die Leute wiederkommen sollen, und eens, wenn ich meine Ruhe haben will.«

»Hau ab, ich kümmer mich morgen früh um den Nachschlag. Aber wenn die Weiber dann lange Gesichter machen, sage ich: Das Rezept ist von dir!«

»Kannste ruhig. Hat ooch sein Vorteil: Je miserabler das schmeckt, um so eher packt die Frauen das Mitleid, und denn laden se *uns* ein. Kriegen wir endlich was Anständiges zwischen die Kiemen!«

»Willst du damit sagen, dass mein Szegediner … Raus jetzt!«

Das »Dinner für Sechs« dauerte dann sechs Stunden und wurde ein triumphaler Erfolg. Gisela Grollmann rief über den Tisch: »Ihr Weißwein ist ein Gedicht, Herr Fondulski! Haben Sie vielleicht noch eine Strophe für mich?«

Adelbert erklärte dann die Konzeption für das Mehrgenerationenhaus mit einer Etage für Betreutes Wohnen und einer Etage als Ferienwohnungen. Dazu dann Gewerberäume im Untergeschoss. Vielleicht auch ein Tages-Portier, der die Post und Päckchen entgegennehmen könnte.

Die Frauen debattierten, wie man den Schichtdienst mit Behandlungs- und Schlafraum organisieren könnte und wer zu den Betreuungsquartieren die Klingeldrähte verlegen würde. Alle waren froh, dass die sechs leerstehenden Wohnungen dann sinnvoll genutzt würden. Arthurs Kosten-Nutzen-Kalkulation klang so überzeugend, dass die Wohnungsgesellschaft einen entsprechenden Pachtvertrag dankbar aufgreifen müsste. Wenn nicht, müsste man über Presse, Rundfunk und Rathaus Druck machen.

»Na ich denk, da ist unser ›Computer-Trio‹ dran?«, sagte Gustav. »Der Lars erzählte mir letztens, dass unsere Nachforschungen den Investor schon nervös machen. Der ahnt, dass das hier kein Rentner-Silo ist, sondern ein Wespennest!«

Arthur meinte: »Die Jungs haben doch dafür gesorgt, dass wir alleine im Internet rumstöbern können.«

»Nein nein«, sagte Adelbert, »die kennen schon meine Unzulänglichkeiten.«

Nun fragten die Frauen: »Welche Unzulänglichkeiten?«

Adelbert räusperte sich verlegen: »Na, dass ich meine Stöpsel im Ohr trage, dass ich meine Pillendose mitschleppe und an der Insulinspritze hänge und so.«

Das brachte die Margitta in Rage: »Na, das ist doch bei den jungen Kerlen genauso: Immer die Musikstöpsel im Ohr, immer Aufputschpillen in der Tasche und manche hängen genau so an der Spritze, aber nicht wegen Insulin. Ich finde, ihr drei steht noch ganz gut im Saft!«

Darauf wurde getrunken.

Dann meinte Gisela Grollmann, dass man auf der Betreuungsetage auch einen Fitnessraum gebrauchen könnte, schon für die Übungen mit den Therapeuten.

Darauf wurde wieder getrunken.

Dann war der Wein alle und Adelbert musste seinen selbstgemachten Schlehdornschnaps heranholen. Das löste einige Nachfragen über die Wirkung des Getränks auf in- und ausländische Damen aus. Am Ende waren alle glücklich, dass dieser gefährlich gute Schnaps kein Unheil mehr anrichten konnte, weil er alle war. Man verabschiedete sich laut und herzlich. Aber während alle anderen mit dem Fahrstuhl nach unten fuhren, zog die resolute Gisela Grollman den schüchternen Arthur in den Fahrstuhl, der nach oben fuhr: »Ich möchte Ihnen nur mal zeigen, wie wir uns das mit dem Fitnessraum gedacht haben.«

Oben in der vierzehnten Etage, wo drei Wohnungen leer standen, zog Gisela, die zufällig einen Schlüssel dabei hatte, Arthur in eine Dreiraumwohnung, die keine Lampen, keine Gardinen, keine Möbel hatte, und in der nur eine alte Matratze rumlag. Das fahle Licht des Mondes machte den Raum so dunkel wie den Schlehdornschnaps. Gisela plapperte von dieser und jener Wand, die raus müsste und welche Geräte da angeschafft werden sollten. Arthur der Engel nickte nur und hatte ohnehin nur noch wenig Widerstandskraft. Doch dann fragte Gisela plötzlich, ob es wahr sei, dass Arthur das Rezept für den Schlehenschnaps von der hübschen polnischen Kassiererin im Supermarkt erhalten habe.

»Nicht so direkt«, sagte Arthur, »mehr von deren Oma in Katowice.«

»Aber Sie wurden doch mit der Polin unten im Keller gesehen?«

»Ja schon, aber doch nur, um den Unterschied zwischen Steintöpfen und Glasballons für die Gärung zu klären.«

»Aha. Und hat es dann richtig gegärt?«

»Ich weiß nicht, was Sie meinen«, druckste Arthur.

Gisela kam näher: »Du weißt genau, was ich meine!«

»Weiß ich wirklich nicht!«

»Das kann auch sein, weil ihr drei Kahlköpfe alle blind seid! Der eine baggert hier ’ne Polin an. Der andere jagt in Bayern die Blaublütigen. Der dritte macht immer ein Gesicht wie ein Reibeisen, weil er alleine nicht klar kommt. Dabei ist das ganze Haus voller tüchtiger, ansehnlicher Weiber. Aber wir sollen bloß die Hemden bügeln und Händchen halten, wenn euch die Magengeschwüre pieken.«

Die Wucht dieser Anklage und die Spätfolgen des Alkohols warfen Arthur um. Er war bei dem drohenden Anlauf der Gisela immer weiter rückwärts gegangen, bis er über die Matratze am Boden stolperte, lang hinfiel und aufstöhnte. Doch schon kniete die Gisela an seiner Seite und fragte:

»Hast du dir weh getan?«

»Und wie!«

»Das wollte ich nicht. Wo denn?«

»Na hier, an der Hüfte.«

Gisela tastete sich vor: »Hier?«

»Au! Ja! Vielleicht muss ich morgen zum Röntgen damit?«

»Glaube ich nicht. Leg dich mal gerade hin … ich habe Röntgen-Hände!«

Wissen Sie, was ›Röntgen-Hände‹ sind? Die sind warm und weich und kennen alle Blutbahnen und Glieder.

Wissen Sie, warum Arthur der Engel und Gisela Grollmann erst im Morgengrauen aus der leeren Wohnung kamen? Das geht uns alle nichts an!

Aber Sie wissen nun, was in diesem Haus alles geschieht, um es wohnlich zu halten. Und das ist viel in einer Welt, die immer unwohnlicher wird, wenn wir nicht aufpassen.

ISBN 978-3-359-02306-7

Umschlaggestaltung: Karl-Heinz Appelmann
Druck und Bindung: CPI Moravia Books GmbH

Ein Verlagsverzeichnis schicken wir Ihnen gern:
Eulenspiegel · Das Neue Berlin Verlagsgesellschaft mbH & Co. KG
Neue Grünstr. 18, 10179 Berlin
Tel. 01805/30 99 99
(0,14 €/Min., Mobil max. 0,42 €/Min.)

Die Bücher des Eulenspiegel Verlages erscheinen
in der Eulenspiegel Verlagsgruppe.

www.eulenspiegel-verlag.de